U0754686

毕淑敏

◎著

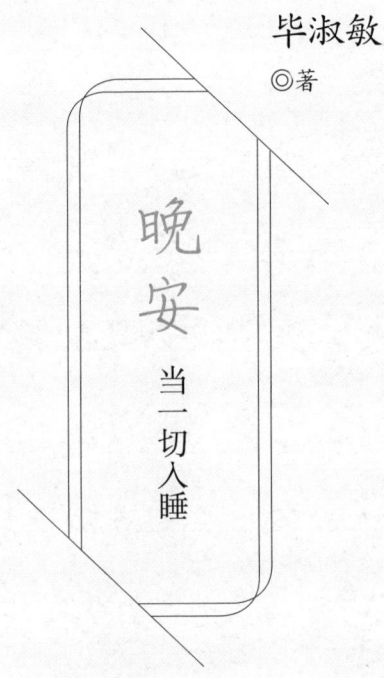

晚安
当一切入睡

北方联合出版传媒(集团)股份有限公司
万卷出版公司
2016年·沈阳

雨果有首著名诗篇——《当一切入睡》，恕我将全文抄录如下。

当一切入睡，我常兴奋地独醒，

仰望繁星密布熠熠燃烧的穹顶，

我静坐着倾听夜声的和谐。

时辰的鼓翼没打断我的凝思，

我激动地注视这永恒的节日——

光辉灿烂的天空把夜赠给世界。

我总相信，在沉睡的世界中，

只有我的心为这千万颗太阳激动，

命运注定，只有我能对它们理解。

我，这个空幻、幽暗、无言的影像，

在夜之盛典中充当神秘之王，

天空专为我一人而张灯结彩!

真是令人血脉偾张的诗篇!

"当一切入睡"是它的篇名，也是起首第一句，后面紧跟着的诗句是——"我常兴奋地独醒"。雨果先生用词精准，描述自己是"独醒"，就是一个人孤零零地清醒着。

那么，什么叫"醒"呢?

字典上的解释是指睡眠状态结束或尚未入睡。这句话文绉绉的有点拗口，改成大白话就是："醒"指的是两种状况，一是刚睡了一小觉，神志清明了；二是指当事人根本没睡着。

那么雨果先生的诗写的是哪一种状态?他对文字很有控制力，从"独醒"来判断，证明别人都已睡着，夜已深沉。估摸着雨果先生应是先睡了一小觉，抖擞醒来，头脑如水晶般清澈，思绪脱缰，浮想联翩。如果他是一直失眠熬到深夜，筋疲力尽困乏缠身，也没兴致发此鸿篇阔论，能够指点宇宙气冲霄汉。

再者雨果说的是"我常"，证明他并非天天如此，而是时有畅想，仰望繁星。

说句题外话，如果雨果先生活在今天的中国大城市，就算他天天独醒，文思泉涌，一抬头仰望，估计也要马上失望地低下头来。头颅之上，并无熠熠燃烧的星之穹顶。或者说，亿万颗星辰固然还在燃烧，但一是因为雾霾，二是因为光害，蜗居的人们看不到繁星时已久矣。据说全世界有三分之二的人生活在光污染中，五分之四的城市孩子看不到银河。

好了，把话题扯回来。我想说的话，第一句话照抄雨果先生，"当一切入睡"。第二句恕我凡俗地狗尾续貂——"当一切入睡，你我也入睡"。

现在的人们普遍睡眠不足，太阳已经不能指示我们的作息时间。我们摒弃日出而作、日落而息的节奏已经很久，睡眠变成了现代人手中弹性最大的可压缩之物。人们为了获取更多的工作和娱乐时间，毫不留情地首先向睡眠开刀。睡眠像个屡屡遭受家暴的弱女子，无声无息地隐忍着。我常常看到一些精英说自己半夜三点还在回复邮件，说自己无论睡得多晚，凌晨一定按时起床……有一个朋友对我说，他在汽车后座和飞机上睡觉的时间加起来，肯定比在自家床上睡的时间要多。他的话，让我费了一点思量。想了一下我才弄明白，第一是他经常出差，舟车劳顿；第二是他即使是躺在自己家的床上，也常常睡不着。

这是现代人的悲怆之处。要知道，任何时代、任何地方的人，不论种族国家肤色性别，都想拥有最少的烦恼和最大限度的舒适。其中，睡个安稳觉是非常重要的组成部分。记得有一次一位医学专家问我，什么是保持健康的关键？

我立刻回答，是空气。

专家说，我指的不是外部环境，而是我们自身可控的因素。

我说，那就是饮食和锻炼。

专家莞尔一笑说，不健康的饮食和久不锻炼，固然是有害的，但对身体更重要的是睡眠。你可以看到饮食不健康的人，依然长寿，可以看到不锻炼的人也活得很自在，但是，不管是谁，只要他的睡眠不足，他就一定无法生龙活虎。

睡眠不足的种种祸害，不是一时半会儿看得出来的。但如果事态迁延，总是缺觉，身体一定会水滴石穿、粒米成箩地顽强表现出受损的症状。当慢性损害愤怒地开始爆发，反抗的烈度和持续性，会让我们始料未及。

拿破仑就是个例子。他总希望从睡眠中节省时间，强迫自己两三夜不睡，结果抵挡不住倦怠的侵袭，整天头昏脑涨，记忆力差，办事效率下降，以至于大白天就无可抑制地进入昏睡。

二战期间，前线吃紧，后方的英国军工厂，决定延长工人工作时间，每周工作70小时，以增加产量。刚开始的10天左右，果真收到了预期的效果，产量增长。可惜好景不长，从第3周开始，废品率大量上升。最后每天生产的合格产品，比加班前还低得多。结果只好收回成命，减少加班时间，降到每周工作54小时后，合格率才正常。

　　通过实验证明，人类缺乏睡眠，会头昏脑涨，注意力涣散，记忆力明显减退，情绪烦躁易怒，表情呆滞迷惘，多疑、敏感。更有甚者会沮丧、压抑，出现幻觉、幻听、幻视，有的还会涌起自杀念头……简直和精神分裂症有得一拼。

　　一个连觉都睡不安稳的人，不会享有丰沛的幸福。优质的睡眠，是人一生的朋友。和它结成战略合作伙伴关系，是非常重要而且必须的任务。

　　所以，晚安。当一切入睡，你我也入睡。

晚 安 · 当 一 切 入 睡

○ 目录

Wan
An

○ 从今天傍晚

Wan
An

开始

喜欢文学，是从喜欢读书开始的。对于一个孩子来说，最容易得到的书，莫过于课本了。但读课本的感觉比较复杂，像一种奇怪的果子，刚开始品尝时有一点点甜，你可以结识一些新鲜的故事，但这种喜悦很快就会消失。你要学生字，要划分段落大意，要听写，要背诵，加之无穷无尽的考试和考试之后的惨痛记忆……涌上舌尖的就是不尽的酸楚和苦涩了。

课本常常不是使我们更爱文字，而是怕它了。

我坚信每一个孩子天生都是爱读书的，就像孩子都爱学习说话一样。你看到过一个婴儿拒绝牙牙学语吗？他虽然那么幼小，学得竟是那样执着努力。我猜，他一定在这一过程中，从了解别人和让别人理解的感觉里，得到奇异而巨大的快意。

读书是一种精神的再一次牙牙学语。你可以从他人的智慧里，领悟到更广大的世态和人情。古往今来那些动人心魄的文字，把我们的耳朵拉长了，听到了遥远地域和年代的回声；使我们的视力像喜马拉雅鹰一般锐利清晰起来，笔直地穿透尘埃洞察秋毫；使我们生命线的两端射线般地伸延，触及到今生今世我们未必能有机会亲身体验的人类复杂情感深处；使我们的心智丰盈和强韧，迸射出更热烈的光华……

和热爱成长的婴孩一样，听得多了，你就有想说的愿望。把自己的心语倾吐出来，在茫茫人海中寻觅相似的感动——我不知道别人是因何而动笔写作的，在我，是因为一种孤独赶路的寂寞和对于人生的悲悯关爱。

由读而写，由写而读更多的书，是一个散射温暖光芒的圆形轨道，它旋转的引力召唤着我们，每一个时刻都敞开着，接纳热爱者的从容楔入。无论是读书还是写作，都可以从今天傍晚开始。

　　常常是心中很寂寞，说出口的却是词不达意的热闹。这个世界已经够喧哗的了，现在需要的只是静静面对内心。

　　需要别人确认，才觉得自己活着的人，必然会逃避寂寞。节省下来的时间，用来干什么？只好另外想办法来谋杀时间。

　　寂寞是一种悄然的存在，不要挑战它，也不要逃避，学着共处就是。

　　开会常常让我感到寂寞，喧嚣人群中的寂寞。不喜欢很多会议的场合，在那里听不到发自肺腑的声音，套话多。有些话像风一样地从耳边刮过，留不下任何印象。

　　也许是因为我年轻时在西藏当兵，营地在海拔五千米的高原之上，氧分压只有海平面的一半，对缺氧的感受十分敏感。会场里人一多，我马上就感觉到缺氧，好像当年在雪原上跋涉的艰辛感觉又复活了，心中充满疲累。

这种时刻，我会不由自主地走出会场，到外面去呼吸新鲜空气——也不敢待的时间太久了，怕人家以为是对发言者、组织者的不敬。

我知道有些时候套话是一种必需，是一种人际关系和社会关系的润滑剂。这种润滑剂可不便宜，要用时间去购买，算得上是奢侈品了。

我是一个视时间为尊贵的人，实在不敢这样靡费，甘愿寂寞着。

○ 关于生命与命运的
遐想

Wan
An

甲为乙办事，乙就付给甲报酬，价钱彼此可以谈得很清楚。

甲为乙丙两人办事，乙丙就付报酬给甲，也是很清楚的事。但每个人只需付二分之一，也很明白。

甲若是为百个人办事，无论每个人得的收益如何，大家只觉得付给甲百分之一是正当的，否则就是甲多吃多占了。

假如甲为一千个人、十万个人服务呢？假如他服务的人群数字再无限地增大下去呢？按照数学的规律，这个无穷大的"分之一"，结果就是零。

也就是说，受惠的人群可以心安理得地享受甲的劳动成果，却不必为此支付报酬，甚至连感谢都不必说一声。

这就是为什么传说中的英雄丹柯掏出自己的心，燃烧起来为众人引路，危险过去后，人们会把他跌落地上仍在发光的心踩灭。

这不是众人的无情，是铁的规律。

文学在某种意义上，就是这种为无穷大的民众服务的事业。

所以它的清贫与无功利性，几乎是命中注定的。

矢志于这一行的人，不必愤而不平，只问自己是否愿意承受。

人的生命是一根链条，永远有比你年轻的孩子和比你年迈的老人。我们每个人都有自己的位置，它是一宗谁也掠夺不去的财宝。不要计较何时年轻，何时年老，只要我们生存一天，青春的财富就闪闪发光。能够遮蔽它的光芒的暗夜只有一种，那就是你自以为已经衰老。

人类的表情肌，除了表达笑容，还用以表达愤怒、悲哀、思索、惆怅以至绝望。它就像天空中的七色彩虹，相辅相成。所有的表情都是完整的人生所必需的，是生命的元素。

痛苦有两种存在形式——包裹着和开放着。

就我个人来讲，我比较喜欢开放的痛苦。它就像会退色的毛衣一样，在阳光下渐渐失去新鲜的色彩。

有些人不敢敞开自己的痛苦，是因为惧怕打开痛苦那一瞬刺入肺腑的疼痛。但包裹着的痛苦会像癌症一般生长、蔓延、吞噬我们的心灵。

我们只要把最猛烈的痛苦坚挺过去，就会发现可以比较从容地收拾痛苦的残骸了。

每个人的血液中都有与众不同的液体，可惜我们往往意识不到。如果有一种可以测量出我们特殊才能的仪器，我们就会发现有多少人荒废了他们的才能，终生在从事和他们天性相悖的职业。

每个人都在寻找，从幼年就开始找。找准了自己位置的人，是极少数的幸运者。

许多人在暗中摸索了一生，终究在迷茫中告别。如果我们找到了自己爱好的事业，万万不要放松。它会使我们不再计较得失，最大限度地感到自己存在的价值。

生理是心理的镜子。

每个人都是他自己的朋友和杀手。许多人的疾病其实是自身心理攻击生理造成的。一个人越是懦弱，他伤害自己的频率越高。

无论爱一个人还是恨一个人，有时都是很残忍的事情。

爱和恨，都有两个层面，一个是精神，一个是肉体。

你嘘寒问暖或是往对方脸上泼硫酸，都是首先作用于肉体，然后传递于心灵。你呵护或是残害他的灵魂，作用要更为深远得多。肉体和精神有时相连，有时隔膜。有的人肉体残缺后精神愈加完整，有的人躯体强健，精神却是破碎的。精神可以支配肉体，肉体却不可能控制精神。

小的危机就像感冒，不但是无法完全避免的，而且可以给人以刺激，调动自身防御能力，增加免疫功能。

但是注意不要转成肺炎。

每个人都会有伤口。有的人愈合得天衣无缝，有的人留下累累疤痕。

这当然和利物刺进的深浅有关了。但我们经常看到，有的人，在深刻的创伤之后，仍然完整光滑；有的人，在小小不言的刺激下，就面目全非了。

在医学上，后一种人有一个特殊的名称，叫——疤痕体质。

愿我们每一个人都不是意志上的疤痕体质。

我们可以受伤，我们可以流血，但我们要在最短的时间里，医治好自己的伤口，尽可能整旧如新。

没有快乐，谁也别想留住健康。

眼睛对眼睛，是可以说话的。它们进行无声的交流，在这种童星的世界语里，容不得谎言，用不着翻译。它们比嘴巴更真实地反映着一个人隐秘的内心世界。

我们可以吓唬别人，但不可以吓唬病人。当我们患病的时候，精神是一片深秋的旷野，无论多么轻微的寒风，都会引起萧萧黄叶的凋零。

让我们像呵护水晶一样呵护病人的心灵。

生命的燧石在死亡之锤的击打下，易于迸溅灿烂的火花。死亡使一切结束，它不允许反悔。无论选择正确还是谬误，死亡都强化了它的力量。尤其是死亡的前夕，大奸大恶，大美大善，大彻大悟，大悲大喜，都有极淋漓的宣泄，成为人生最后的定格。

一个人有太多选择的时候，常常径直选了那最容易、最易在短时间内见成效的一条路。一个人只有一种选择的时候，实际上丧失了选择，只是接受命运。所以选择不宜太多也不宜太少，以能充分发挥意志、表达信念为最好。

惊奇，是天性的一种流露。

生命的第一瞬就是惊奇。我们周围的世界，为什么由黑暗变明朗？为什么由水变成了气？温度为什么由温暖变得清凉？外界的声音为何如此响亮？那个不断俯视我们亲吻我们的女人是谁？

……

从此我们在惊奇中成长。

这个世界上，有多少值得惊奇的事情啊。苹果为什么落地，流星为什么下雨，人为什么兵戎相见，史为什么世代更迭……

孩子大睁着纯洁的双眼，面对着未知的世界，不断地惊奇着，探索着，在惊奇中渐渐长大。

惊奇是幼稚的特权，惊奇是一张白纸。

当我沮丧的时候，当我彷徨的时候，当我孤独、寂寞、悲凉的时候，我曾格外相信命运，相信命运的不公平。

世上可真有命运这种东西？它是物质还是精神？难道我们的一生都早早地被一种符咒规定，谁都无力更改？我们的手难道真是激光唱盘，所有的祸福都像音符微缩其中？

不幸者常常愿意同幸运者相比，抱怨自己的运气。

幸运者常常不愿同不幸者相比，相信自己的努力。

命运中的不速之客永远比"有速之客"来得多。

所以应付前一种客人，是人生的必修。他既为客，就是你拒绝不了的。所以怨天尤人没有用，平安地尽快把客人送走，才是高明的主人。

命运是我怯懦时的盾牌，当我叫嚷命运不公最响的时候，正是我预备逃遁的前奏。命运像一只筐，我把对自己的姑息、原谅以及所有的延宕都一股脑儿地塞进去，然后蒙一块宿命的轻纱。我背着它慢慢地向前走，心中有一份心安理得的坦然。

当我快乐、当我幸福、当我成功、当我优越、当我欣喜的时候，当一切美好辉煌的时刻，我要提醒我自己——这是命运的光环笼罩了我。在这个环里，居住着机遇，居住着偶然性，居住着所有帮助过我的人。

假如在这死亡将至的时候，依然刻骨铭心地惦记着一件事，依然期望等待，不依不饶，那这个心愿便集中反映了一个人的个性，甚至是他生命的支点。

古人说的死不瞑目，指的就是这种情况。

死亡基本上可以分为两种——有准备的死和没有准备的死。猝死就是没有准备的死（当然在广义上除了极幼小的孩童，我们都或多或少考虑过死亡），有准备的死则是一个缓慢的过程。人们冷静地回忆自己的一生，犹如上溯一条绵长的河流。世俗的纠缠，在死亡的背景之上，它平素所具有的魔力异乎寻常地浅淡了，人便格外公允、格外豁达，有置身物外的超然与智慧。

○ 卑微也是我们的

朋友

Wan
An

　　如果你自卑，不要把这视为奇耻大辱。人人都自卑，只是我们战胜自卑的方法不一样。承认自卑是正常的，这就是胜利的第一步。

　　嘿！我常常收到很多人发来的信件，述说自己因为种种理由而自卑，比如个子矮小，家庭贫困，父母双亡或是单亲，受教育的程度太低，不知道某个常识而被人耻笑，开运动会买不起新的运动鞋，嗓子太粗不能像夜莺般美妙，头太大了，说话带有明显的乡下口音，等等。

　　如果说这些在一般人的印象中是弱项，从而成为了自卑的理由，那么，我们比较容易理解，可我还听到过有人因为自己太美丽而自卑。那姑娘讲，她付出努力所取得的一切成就，都被人归结为美貌带来的幸运，甚至还有人话里话外地敲打她是不是运用了某种潜规则。

这个清俊的女生满怀幽怨地说，我为我的相貌而深深自卑。我很想去整容，把自己整得丑陋一些，这样就可以抬起头来做人，人们就会认识到我是一个有内在价值的人。不骗你，我真的到整形医院去了，可整形师说从来没有接收过这样的病例，他想不出如何操作……

对于人人都自卑这件事，我是百分之百相信。你若是不信，可以抽空看看名人的传记。几乎没有一个名人不谈到自己是自卑的。而且按照咱们上面列举的自卑理由，他们也都是"师出有名"的。

"我不如别人。我自卑，所以，我不停地努力。当年从郑州到国家队的时候，没有一个人肯定我，他们全说一米五的我打球不会打得如何。为了证明给他们看，我快发了疯，每天都比别人刻苦。我知道我的个子不如别人，别人允许有失败的机会，我没有。我只能赢，所以我打球凶狠，那是逼出来的。后来我成功了，别人又说我没有大脑，只会打球。于是我发疯地学习，英语从不认识字母到熟练地和外国人对话。我不比别人聪明，我还自卑，但一旦设定了目标，就绝不轻言放弃。什么都不用解释，用胜利说明一切！"

这段话是谁说的啊？恐怕你看完了就会知道，这是获得过十八个世界冠军、得过四枚奥运会金牌的邓亚萍。

也许你要说，这么伟大的人，我们就不好比了。那容我再来录上一段普通人的自卑史。

"我曾经是个非常自卑的人，即使是现在，自卑还常常在，我觉得自己很多地方不如人。我不如A聪明，不如B睿智，不如C有才，不如D美貌如花……我只是一个普通女子，不善言，不会搞各种关系，我只会写字，通过写字证明我自己。感谢我的自卑，它让我越挫越勇，让我觉得永远不如别人，让我不敢停步，让我在人生的路上一路坚强。"

这位女子的文章常常见诸报端，你打开《读者》《青年文摘》等刊物，经常会看到她的文章。

我手边看到的资料提到，因为出演《色戒》而再次获奖的梁朝伟就说自己一直是个非常自卑的人。名人尚且如此，遑论我等俗众！

哦，不要把自卑看得那么可怕，这是人人都享有的一个特点。其实这话说得有语病，既然是人人都有，就不能说是特点了，只能说是常数。对于一个规律性的东西，实在没有害怕的必要，从容对待就是了。因为渺小的人类对于浩瀚的宇宙来说是自卑的，羸弱的婴孩对于伟壮的成人来说是自卑的，短暂的生命对于无涯的时空来说是自卑的。我们的种种欠缺和无奈，对于光明的期望和理想来说是自卑的。

刚才说了这么多自卑的合理性，并非要大家对自卑安之若素。其实，你接纳了自卑，你把自卑当成一个朋友，它就会以你意料不到的方式来帮助你。

为了战胜自卑，我们就会更加努力。因为自卑的持续存在，我们或许会比较少骄横。因为自卑，我们记得渺小和尊崇，这未尝不是因祸得福呢！

阿尔弗雷德·阿德勒认为，人从一出生，自卑感就伴随左右，之后需要用一生的时间去提高自己的技能、优越感和对别人的重要性。

这样看来，卑微也是我们的朋友，卑微里也有不容小觑的力量。

○ 切开忧郁的

洋葱

Wan
An

　　忧郁是一只近在咫尺的洋葱，散发着独特而辛辣的味道，剥开它紧密粘连的鳞片时，我们会泪流满面。

　　一位为联合国工作的朋友告诉我，她到过战火中的难民营，抱起一个小小的孩子。她紧紧地搂着这幼小的身躯，亲吻她枯燥的脸颊。朋友是一位博爱的母亲，很喜爱儿童，温暖的怀抱曾揽过无数孩子，但这一次，她大大地惊骇了。那个婴孩软得像被火烤过的葱管，萎弱而空虚，完全不知道贴近抚育她的人，没有任何欢喜的回应，只是被动地僵直地向后反张着肢体，好似一块就要从墙上脱落的白瓷砖。

　　朋友很着急，找来难民营的负责人，询问这孩子是不是有病或是饥寒交迫，为什么表现得如此冷漠。那负责人回答说，因为有联合国的经费救助，孩子的吃和穿都没有问题，也没有病。那是一个孤儿，父母双亡。孩子缺少的是爱，从小到大，从没有人抱过她。因她不知"抱"为何物，所以不会反应。

朋友谈起这段往事，感慨地说，不知这孩子长大之后，将如何走过人生。

不知道。没有人回答。寂静。但有一点可以预见，那孩子的性格中必定藏有深深的忧郁。

我们都认识忧郁。每一个人，在一生的某个时刻，都曾和忧郁狭路相逢。

自然界的风花雪月，人生的悲欢离合，从宋玉的悲秋之赋到李清照的绿肥红瘦的喟叹，从游子的枯藤老树昏鸦到弱女的耿耿秋灯凄凉，忧郁如同一只老狗，忠实而疲倦地追着人们的脚后跟，挥之不去。随着现代社会的发达，忧郁更成了传染的通病。"忧郁症"已经如同感冒病毒一般，在都市悄悄蔓延流行。

忧郁像雾，难以形容。它是一种情感的陷落，是一种低潮的感觉状态。它的症状虽多，灰色是统一的韵调。冷漠，丧失兴趣，缺乏胃口，退缩，嗜睡，无法集中注意力，对自己不满，缺乏自信……不敢爱，不敢说，不敢愤怒，不敢决策……每一片落叶都敲碎心房，每一声鸟鸣都溅起泪滴，每一束目光都蕴满孤独，每一个脚步都狐疑不定……

一个女大学生给我写信，说她就要被无尽的忧郁淹没了。因为自己是杀人凶手，那个被杀的人就是她的妈妈。她说自己从三岁起双手就沾满了母亲的鲜血，因为在那一天，妈妈为了给她买一串过生日的糖葫芦，横穿马路，倒在车轮下……

"为此，我怎能不忧郁？忧郁必将伴我一生！"信的结尾处如此写着，每一个字，都被水洇得像风中摇曳的蓝菊。

说来这女孩子的忧郁，还属于忧郁中比较谈得清的那种，因为源于客观的、重要人物的失落而引起，在某种程度上，是我们不得不面对的痛苦反应。更有那说不清道不明的忧郁，树蚕一样噬咬着我们的心，并用重重叠叠的愁丝，将我们裹得筋骨蜷缩。

忧郁这种负面情感的源头，是个体对于失落的反应。由于丧失，所以我们忧郁。由于无法失而复得，所以我们忧郁。由于从此成为永诀，所以我们忧郁。由于生命的一去不返，所以我们忧郁。

从这种意义上讲，忧郁几乎是人类这种渺小的动物，面对宇宙苍穹时，与生俱来的恐惧，所以我们无法从根本上消除忧郁。我相信凡有人类生存的日子，我们就要和忧郁为朋，虽然我们不喜欢，但我们必须学会与忧郁共舞。

正因为这种本质上的忧郁，我们才要在有限的生存岁月中，挑战忧郁，让我们自己生活得更自由，更欢愉，更生气勃勃。

失落引起忧郁。当我们分析忧郁的时候，首先面对的是失落。细细想来，失落似可分为不同性质的两大类：一是目前发生的真实与外在的失落，可以被我们确认并加以处理的。比如失去父母、失去朋友、失去恋人、失去工作、失去金钱、股票贬值、失去名声、失去房产、失去自信等等，惨虽惨矣，好歹失在明处，有目共睹。

二是源自自我发展的早期便被剥夺，或严重的失望经验，导致内在的深刻失落感觉。这话说起来很拗口，其实就是失在暗地，失得糊涂，失得迷惘，失在生命入口端的混沌处。你确切无疑地丢失了，却不知遗落在哪一个驿站。

这可怕的第二种失落，常常是潜意识的，表明在我们的儿童期，有着不同程度的缺憾和损失。因为我们未曾得到足够的爱，或因这爱的偏颇，使我们的内心发展受阻。因为幼小，我们无法辨析周围复杂的社会，导致丧失了对他人的信任，并在这失望中开始攻击自己。比如联合国那位朋友所抱起的女婴，她已不知人间有爱，她已不会回报爱与关切。在这种凄楚中长大的孩子，常常自我谴责与轻贱，认为自己不可爱、无价值，难以形成完整高尚的尊严感。

过度的被保护和溺爱，也是一种失落。这种孩子失落的是独立与思考，他们只有满足的经验，却丧失了被要求负责的勇气，丧失了学会接受考验和失败的能力，丧失了容纳失望的胸怀。一句话，他们在百般呵护下，残障了自我的成长性和控制力的发展。他们的脑海深处永远藏着一个软骨的啼哭的婴孩，因为愤怒自己的无力，并把这种无能感储入内心，因而导致无以名状的忧郁。

人的一生，必须忍受种种失落。就算你早年未曾失父失母失学失恋，就算你一帆风顺平步青云，你也必将遭遇青春逝去、韶华不再的岁月流淌，你也必将纳入体力下降、记忆衰退的健康轨道，你也必有红颜易老、退休离职的那一天，你也必须遵循生老病死、新陈代谢的铁律，到了那一刻，你是否有足够的弹性，抵御忧郁？

还有一种更潜在的忧郁，是因为我们为自己立下了不可达到的高标准，产生了难以满足的沮丧感。这种源自认定自我罪恶的忧郁症状，是与外界无关的，全需我们自我省察，挣脱束缚。

忧郁的人往往是孤独的，因为他们的自卑与自怜。忧郁的人往往互相吸引，因为他们的气味相投。忧郁的人往往结为夫妻，多半不得善终，因为无法自救亦无力救人。忧郁的人往往易于崩溃，因为他们哀伤更因为他们羸弱绝望。

难民营的婴儿，不知你长大后，能否正视自己的童年？失却的不可复来，接受历史就是智慧。记忆中双手沾着血迹的女大学生，你把那串猩红的糖葫芦永远抛掉吧，你的每一道指纹都是洁白的，你无罪。母亲在天国向你微笑。

不要嘲笑忧郁，忧郁是一种面对失落的正常。不要否认我们的忧郁，忧郁会使我们成长。不要长久地被忧郁围困，忧郁会使我们萎缩。不要被忧郁吓倒，摆脱了忧郁的我们，会更加柔韧刚强。

忧 郁 是 一 只 近 在 咫 尺 的 洋 葱 ，

散发着独特而辛辣的味道，

剥开它紧密粘连的鳞片时，我们会泪流满面。

○ 孩子，我为什么

打你

Wan
An

　　有一天与朋友聊天，我说，就是在"文化大革命"中当红卫兵，我也没打过人。我还说，我这一辈子，从没打过人……你突然插嘴说：妈妈，你经常打一个人，那就是我……

　　那一瞬屋里很静很静。那一天我继续同客人谈了很多的话，但所有的话都心不在焉。孩子，你那固执的一问，仿佛爬山虎无数细小的卷须，攀满我的整个心灵。面对你纯正无瑕的眼睛，我要承认：在这个世界上，我只打过一个人，不是偶然，而是经常，不是轻描淡写，而是刻骨铭心。这个人就是你。

　　在你最小最小的时候，我不曾打你。你那么幼嫩，好像一粒包在荚中的青豌豆。我生怕任何一点儿轻微的碰撞，将你稚弱的生命擦伤。我为你无日无夜地操劳，无怨无悔。面对你熟睡中像合欢一样静谧的额头，我向上苍发誓：我要尽一个母亲所有的力量保护你，直到我从这颗星球上离开的那一天。

你像竹笋一样开始长大。你开始淘气，开始恶作剧……对你摔破的盆碗、拆毁的玩具、遗失的钱币、污脏的衣着……我都不曾打过你。我想这对于一个正常而活泼的儿童，都像走路会跌跤一样应该原谅。

第一次打你的起因，已经记不清了。人们对于痛苦的记忆，总是趋向于忘记。总而言之，那时你已渐渐懂事，初步具备童年人的智慧：它混沌天真又我行我素，它狡黠异常又漏洞百出。你像一匹顽皮的小兽，放任无羁地奔向你向往中的草原，而我则要你接受人类社会公认的法则……为了让你记住并终生遵守它们，在所有的苦口婆心都宣告失效，在所有的夸奖、批评、恐吓以及奖赏都无以建树之后，我被迫拿出最后一件武器——这就是殴打。

假如你去摸火，火焰灼痛你的手指，这种体验将使你一生不会再去抚摸这种橙红色抖动如绸的精灵。孩子，我希望虚伪、懦弱、残忍、狡诈这些最肮脏的品质，当你初次与它们接触时，就感到切肤的疼痛，从此与它们永远隔绝。

我知道打人犯法，但这个世界给了为人父母者一项特殊的赦免——打是爱。

世人将这一份特权赋予母亲，当我行使它的时候臂系千钧。

我谨慎地使用殴打，犹如一个穷人使用他最后的金钱。每当打你的时候，我的心都在轻轻颤抖。我一次又一次问自己：是不是到了非打不可的时候？不打他我还有没有其他的办法？只有当所有的努力都归于失败，孩子，我才会举起我的手……每一次打过你之后，我都要深深地自责。假如惩罚我自身可以使你汲取教训，孩子，我宁愿自罚，哪怕它将苛烈10倍。但我知道，责罚不可以替代也无法转让，它如同饥馑中的食品，只有你自己嚼碎了咽下去，才会成为你生命体验中的一部分。这道理可能有些深奥，也许要到你也为人父母时，才会理解。

打人是个重体力活，它使人肩酸腕痛，好像徒手将一千块蜂窝煤搬上五楼。于是人们便寻到了打人的工具：戒尺、鞋底、鸡毛掸子……

我从不用那些工具。打人的人用了多大的力，便是遭受到同样的反作用力，这是一条力学定律。我愿在打你的同时，我的手指亲自承受力的反弹，遭受与你相等的苦痛。这样我才可以精确地掌握数量，不至于失手将你打得太重。

我几乎毫不犹豫地认为：每打你一次，我感到的痛楚比你更为久远而悠长。因为，重要的不是身累，而是心累……

孩子，听了你的话，我终于决定不再打你了——因为你已经长大，因为你已经懂了很多的道理。毫不懂道理的婴孩和已经很懂道理的成人，我以为都不必打，因为打是没有用的。唯有对半懂不懂、自以为懂其实不甚懂道理的孩童，才可以打，以助他们快快长大。

孩子，打与不打都是爱，你可懂得？

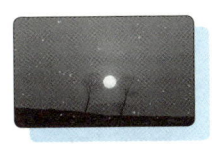

○挖掘心灵
第一图

Wan
An

　　一位睿智老人说，在每个人心灵深处，都珍藏着一幅对这个世界最初的印象。它储存在脑海的褶皱中，平时被繁杂的信息遮挡着，好像昏睡的幽灵，不理晨昏。但它无处不在地笼罩着我们，统领着每个人对世界的基本视点，好像一纸符咒，规定了我们探询世界的角度。

　　这话挺玄秘的，有点巫术的味道。我不服，挑战地问，可以当场试试吗？

　　老人很谦和地一笑，说，一家之言，你可以信，也可以不信。

　　我说，我恰好知道一个人的心底图像，您若说中，我就信。

老人淡然回答，行啊。

我说，这个人啊，脑海里留下的最朦胧也就是最原始的印象是——一片无边的荒漠，尘沙漫天，苍黄渺茫。但他周围的小环境不错，好像是一个温暖的怀抱，有袅袅的香气环绕……

说完，我定定地看着老人，且听他如何分解。

老人缓缓说，他的精神世界对立而单纯，沉重而简明。对世界本质的认识充满疑惧，觉得人力无法胜天。宇宙不可知。人是孤独渺小的生物，基调混沌而迷茫。但他还会快乐而努力地活着，时时感受到温情和带着暖意的希望，寻找一个光亮、安静、芬芳的所在……

说完后，老人问我，他是这样一个人吗？

我抑制住自己的大惊异，说，对与不对，以后我再告您。现在，我最想知道的，就是您这种分析的基本方法，能教我一些吗？

老人说，少许心得，不值多说。有点占卜的意味，但并不是街头的摆摊算卦。首先，你让被试者静静地躺下，拼命想早先的事。意识好比柳絮，能飞多远飞多远。回忆的触角竭力向脑仁深处钻，最后变得似睡非睡似醒非醒，一片混沌最好。让人由眼前的明明白白，泡入米汤样的童年。到了再也沉不下去的时候，他的心里就会猛地浮出一幅画。让他把这幅画讲给你听，然后……

老人一一道来，我全身心紧急动员，照单接收。

老人说，基本思路就这些，剩下的事，看你的悟性了。

我说，您可要传帮带啊。

其后的一段时间，我像个居心叵测的探子，不断启发诱导各色人等，把他们脑海中留下的生命原初印象挖掘出来，一一告我，由我再转达老人。老人娓娓道出其中蕴含的深意，好似隔山买牛。至于那人真实生活中的脾气品行，老人完全不感兴趣，也绝不想知道。在他的眼里，每个人的图谱，就是性格之书打开的目录，他不过是读出来而已。

开头不顺利。第一位男人所谈，简陋得像撕下的小人书碎片。

那幅图像吗？好像是一个黑夜，不知是灯灭了，还是眼睛得了病，总之黑暗包绕……完了，就这些。他干巴巴地舔舔嘴唇说。

他那时黑暗，我此时也黑暗。到处像泼了墨汁，如何分析？只好拼命启发他再想深入些。搜肠刮肚半晌，他补充如下：我摸着黑，仿佛找到一碗粥，就把它喝下去了。我妈妈走过来，眼泪洒在我脸上。很凉……哦，就这些，再也没有了。他坚决地结束了回忆。

真是老虎吃天啊。我沮丧地请教老人。老人说，嗯，足够了。他是个悲观主义者，一生都在寻找。他对自己最终寻找的东西究竟是什么，本人也闹不清楚。在这寻找的途中，他会得到温暖和利益的回报，他会很珍视亲情。但这些并不能缓解他寻找的焦虑，冲淡他与生俱来的悲哀，稀释充满他周围的茫茫黑色。

我频频点头，最终也没有告诉老人，那是一位苦苦求索的哲学家的心底图像。反正老人并不需要他人的验证。

一个矮小的年轻人不好意思地说，我的第一图像，似乎没什么好说的，支离破碎。那是我和我弟弟在抢被窝。你知道，我小的时候，家里很穷，打通腿——就是两人合盖一个被筒。谁都想把自己盖得暖和些，就拼命把被子朝自己身上裹……就这些，整夜抢啊抢的。穷人家的被子，小，遮了这头捂不了那头。我比弟弟个大，总是占上风的时候多些。这就是全部了。

老人分析：这个年轻人竞争性很强，在他的眼里，弱肉强食是生存的基本状态。他信奉实力决定一切，因此他会不遗余力地为自己争夺尽可能多的物质利益和生存空间。但他一般不会害人，不会使用特别凶残的手段。在他的内心里，还残存着普天之下皆兄弟的道义。

实际情况：那年轻人个子不高，说苛刻点几乎要算其貌不扬了，加上家境贫寒，按照常理，该是比较自卑的。但他不，一点都不，整天意气风发、精神抖擞的，上大学，考研究生，什么都不落空。每当竞争的时候，他总是毫不退却，奋勇向前。计谋算不上很光明正大，但手段也并不卑劣，懂得趋利避害、适可而止。也许是天助加上人和，他的运气一直不错。

　　一位依旧美丽的中年女企业家告诉我，世界在她眼里，是盘根错节的森林，热带雨林，遮天蔽日的。她在摸索着走，有时是爬，到处都有陷阱和叫不出名字的昆虫，很华丽也很狰狞……下着雨，很冷，有大毛虫发育成的极冷艳的蝴蝶在脖子后面盘旋……

　　我对这幅图像的真实性，抱有深刻的怀疑。她祖籍北方，从未踏到北回归线以南。再说一个幼小婴孩，想象得出热带雨林的具体模样吗？还有，毛虫和蝴蝶，这样复杂重叠的象征物，也是孩童鞭长莫及的。她的叙述，更像一场成人梦境，一个幻觉。

　　但女企业家谈话时的郑重神态，使我无法贸然认定她在说谎。

　　老人听完我的转述与疑问，首先说，这是真实的。心灵的真实，不仅仅是亲眼所见，更多的时候，是一种浓缩升华后的感受。哪怕你说图像尽头，是一幅外星球人联欢的图画，我也确信无疑。人的感受有一种特质——无比忠诚。出于种种的利害关系，它可以欺骗别人，但它为自己保留下的图谱，却不会是赝品。这位女性对世界的看法，是荒诞奇诡而又不乏夺人心魄的诱惑与美丽，她应该擅长打拼，奋斗出了很好的成就。她好强，勇于挑战，但在不断的挣扎寻觅中，又感到巨大的孤独与人世的险恶。她臆造了一片热带雨林……

　　我无话可说。老人就像与那女人相识了一百年，用电脑扫描了她的整个人生，留下一纸谶语。

随着积累人们心底第一幅图像数量的增多，我渐渐发觉探索源头的奥秘，对每个人是一次心灵的剖析和飞跃。知道了自己眺望世界的基本视角，便有了揭示自身很多特点的钥匙。我们也许不能改变它，却可以因此变得更加理智和从容。

老人有一天对我说，你第一次对我描述的那个人，就是在沙漠中睁开眼睛看世界的人，是谁啊？你还没有告诉我。

我说，那个人就是我。我母亲抱着我，行进在从新疆到北京天地一色的途中。

○ 我很
重要

当我说出"我很重要"这句话的时候，颈项后面掠过一阵战栗。我知道这是把自己的额头裸露在弓箭之下了，心灵极容易被别人的批判洞伤。

许多年来，没有人敢在光天化日之下表示自己"很重要"。我们从小受到的教育都是——"我不重要"。

作为一名普通士兵，与辉煌的胜利相比，我不重要。

作为一个单薄的个体，与浑厚的集体相比，我不重要。

作为一位奉献型的女性，与整个家庭相比，我不重要。

作为随处可见的人的一分子，与宝贵的物质相比，我们不重要。

当我在国外的一份刊物上看到"一个人的价值胜于整个世界"的口号时，曾大惑不解。

我们——简明扼要地说，就是每一个单独的"我"——到底重要还是不重要？

我是由无数星辰日月草木山川的精华汇聚而成的。只要计算一下我们一生吃进去多少谷物，饮下了多少清水，才凝聚成一具美轮美奂的躯体，我们一定会为那数字的庞大而惊讶。平日里，我们尚要珍惜一粒米、一叶菜，难道可以对亿万粒菽粟、亿万滴甘露濡养出的万物之灵，掉以丝毫的轻心吗？

当我在博物馆里看到北京猿人窄小的额和前凸的吻时，我为人类原始时期的粗糙而黯然。他们精心打制出的石器，用今天的目光看来不过是极简单的玩具。如今很幼小的孩童，就能熟练地操纵语言，我们才意识到已经在进化之路上前进了多远。我们的头颅就是一部历史，无数祖先进步的痕迹储存于脑海深处。我们是一株亿万斯年苍老树干上最新萌发的绿叶，不单属于自身，更属于土地。人类的精神之火，是连绵不断的链条，作为精致的一环，我们否认了自身的重要，就是推卸了一种神圣的承诺。

回溯我们诞生的过程，两组生命基因的嵌合，更是充满了人所不能把握的偶然性。我们每一个个体，都是机遇的产物。

常常遥想，如果是另一个男人和另一个女人，就绝不会有今天的我……

即使是这一个男人和这一个女人，如果换了一个时辰相爱，也不会有此刻的我……

即使是这一个男人和这一个女人在这一个时辰，由于一片小小落叶或是清脆鸟啼的打搅，依然可能不会有如此的我……

一种令人怅然以致走入恐惧的想象，像雾霭一般不可避免地缓缓升起，模糊了我们的来路和去处，令人不得不断然打住思绪。

我们的生命，端坐于概率垒就的金字塔的顶端。面对大自然的鬼斧神工，我们还有权利和资格说"我不重要"吗？

对于我们的父母，我们永远是不可重复的孤本。无论他们有多少儿女，我们都是独特的一个。

假如我不存在了，他们就空留一份慈爱，在风中蛛丝般无法附骥地飘荡。

假如我生了病，他们的心就会皱缩成石块，无数次向上苍祈祷我的康复，甚至愿灾痛以10倍的烈度降临于他们自身，以换取我的平安。

我的每一滴成功，都如同经过放大镜，进入他们的瞳孔，摄入他们心底。

假如我们先他们而去，他们的白发会从日出垂到日暮，他们的泪水会使太平洋为之涨潮。

面对这无法承载的亲情，我们还敢说"我不重要"吗？

036 / 晚安 当一切入睡

我们的记忆，同自己的伴侣紧密地缠绕在一处，像两种混淆于一碟的颜色，已无法分开。你原先是黄，我原先是蓝，我们共同的颜色是绿，绿得生机勃勃，绿得苍翠欲滴。失去了妻子的男人，胸口就缺少了生死攸关的肋骨，心房裸露着，随着每一阵轻风滴血。失去了丈夫的女人，就是齐斩斩折断的琴弦，每一根都在雨夜长久地自鸣……面对相濡以沫的同道，我们忍心说"我不重要"吗？

俯对我们的孩童，我们是至高至尊的唯一。我们是他们最初的宇宙，我们是深不可测的海洋。假如我们隐去，孩子就永失淳厚无双的血缘之爱，天倾东南，地陷西北，万劫不复。盘子破裂可以粘起，童年碎了，永不复原。伤口流血了，没有母亲的手为他包扎。面临抉择，没有父亲的智慧为他谋略……面对后代，我们有胆量说"我不重要"吗？

与朋友相处，多年的相知，使我们仅凭一个微蹙的眉尖、一次睫毛的抖动，就可以明了对方的心情。假如我不在了，就像计算机丢失了一份不曾复制的文件，他的记忆库里留下不可填补的黑洞。夜深人静时，手指在按了几个电话号码后，骤然停住，那一串数字再也用不着默诵了。逢年过节时，她写下一沓沓的贺卡，轮到我的地址时，她闭上眼睛……许久之后，她将一张没有地址只有姓名的贺卡填好，在无人的风口将它焚化。

相交多年的密友，就如同沙漠中的古陶，摔碎一件就少一件，再也找不到一模一样的成品。面对这般友情，我们还好意思说"我不重要"吗？

我很重要。

我对于我的工作我的事业，是不可或缺的主宰。我的独出心裁的创意，像鸽群一般在天空翱翔，只有我才捉得住它们的羽毛。我的设想像珍珠一般散落在海滩上，等待着我把它用金线串起。我的意志向前延伸，直到地平线消失的远方……

没有人能替代我，就像我不能替代别人。

我很重要。

我对自己小声说。我还不习惯嘹亮地宣布这一主张，我们在不重要中生活得太久了。

我很重要。

我重复了一遍。声音放大了一点。我听到自己的心脏在这种呼唤中猛烈地跳动。

我很重要。

我终于大声地对世界这样宣布。片刻之后，我听到山岳和江海传来回声。

是的，我很重要。我们每一个人都应该有勇气这样说。我们的地位可能很卑微，我们的身份可能很渺小，但这丝毫不意味着我们不重要。

重要并不是伟大的同义词，它是心灵对生命的允诺。

对于一株新生的树苗，每一片叶子都很重要。对于一个孕育中的胚胎，每一段染色体碎片都很重要。甚至驰骋寰宇的航天飞机，也可以因为一个油封橡皮圈的疏漏而凌空爆炸，你能说它不重要吗？

人们常常从成就事业的角度，断定我们是否重要。但我要说，只要我们在时刻努力着，为光明在奋斗着，我们就是无比重要地生活着。

让我们昂起头，对着我们这颗美丽的星球上无数的生灵，响亮地宣布——

我很重要。

○ 我的

五样

Wan
An

　　老师出了题目——写下"你生命中最宝贵的五样东西"，我拿着笔，面对一张白纸，周围一片静寂无声。万物好似缩微成超市货架上的物品，平铺直叙摆在那里，等待你手的挑选。货筐是那样小而致密，世上的林林总总，只有五样可以塞入。

　　也许是当过医生的缘故，片刻的斟酌之后，我本能地挥笔写下：空气、水、太阳……

　　这当然是不错的。你不可能设想在一个没有空气和水的星球上，滋长出如此斑斓多彩的生命。但我很快发现自己陷入了困境——如果继续按照医学的逻辑推下去，马上就该写下心脏和气管，它们对于生命之泵也是绝不可缺的零件。结果呢，我的小筐子立马就装满了，五项指标额度用尽。想想那答案的雏形将是：我生命中最宝贵的东西——空气、水、阳光、气管、心脏……哈！科普意味。

如此写下去，恐有弊病。测验的功能，是辅导我们分辨出什么是自我生命中最重要的因子，以致面临人生的重大选择和丧失时，会比较地镇定从容，妥帖地排出轻重缓急。而我的答案，抽象粗放，大而化之，缺乏甄别和实用性。

改弦易辙。我决定在水、空气和阳光三要素之后，写下对我个人更为独特和生死攸关的因子。

于是，第四样——鲜花。

真有些不好意思啊。挂着露滴的鲜花，那样娇弱纤巧，似乎和庄严的题目开了一个玩笑。但我真是如此地挚爱它们，觉得它们美轮美奂，不可或缺。绚烂的有刺的鲜花，象征着生活的美好和无可回避的艰难，愿有一束火红的玫瑰，伴我到天涯。

写下鲜花之后，仅剩一样挑选的余地了。刹那间，无数声音充斥耳鼓，啰唣地申述着自己的不可替代性，想在最后一分钟，挤进我珍贵的小筐。

偷着觑了一眼同学们的答案，不禁有些惶然。

有人写下"父母"。我顿觉自己的不孝。是啊，对于我的生命来说，父母难道不是极为宝贵的因素吗？且不说没有他们哪来的我，单是一想到他们会先我而去，等待我的是生离死别，永无相见，心就极快地冰冷成坨。

有的人写下"孩子"。我惴惴不安，甚至觉得自己负罪在身。那个幼小的生命，与我血脉相连，我怎能在关键的时刻，将他遗漏？

有人写下"爱人"。我便更惭愧了。说真的，在刚才的抉择过程中，几乎将他忘了。或许因为潜意识里，认为在未曾识得他之前，我的生命就已存许久。我们也曾有约，无论谁先走，剩下的那人都要一如既往地好好活着。既然当初不是同月同日生，将来也难得同月同日死，彼此已商定不是生命的必需，未进提名，也有几分理由吧？

正不知将手中的孤球抛向何处，老师一句话救了我。她说，这生命中最宝贵的东西，不必从逻辑上思索推敲是否成立，只需你情感上的真爱即可。

凝视再想。

略一顿挫之后，拟写"电脑"。因为基本上已不用笔写作，电脑便成了我密不可分的工作伴侣。落笔之际我凝思，电脑在此处，并不只是单纯的工具，当是一种象征，代表我挚爱的劳动和神圣的职责。很快又联想到电脑所受制约较多，比如停电或是病毒入侵，都会让我无所依傍。唯有朴素的笔，虽原始简陋，却可朝夕相伴风雨兼程。

于是洁白的纸上，记下了我生命中最宝贵的五样东西——

水、阳光、空气、鲜花和笔（未按笔画为序，排名不分先后）。

同学们嘻嘻笑着，彼此交换答案。看过之后，却都不出声了。我吃惊地发现，每人的物件，万千气象，决不雷同，有的简直让人瞠目结舌。比如某男士的"足球"，某女士的"巧克力"，在我就大不以为然。但老师再三提示，不要以自己的观点去衡量他人，于是不露声色。

接下来，老师说，好吧，每个人在你写下的五样当中，划去相对不那么重要的一样，只剩下四样。

权衡之后，我在五样中的"鲜花"一栏旁边，打了一个小小的"×"号，表示在无奈的选择当中，将最先放弃清丽绝伦的它。

老师走过来看到了，说，不能只是在一旁做个小记号，放弃就意味着彻底的割舍。你必得用笔把它全部涂掉。

依法办了，将笔尖重重刺下。当鲜花被墨笔腰斩的那一刻，顿觉四周惨失颜色，犹如二十世纪初叶的黑白默片。我拢拢头发咬咬牙，对自己说，与剩下的四样相比，带有奢侈和浪漫情调的鲜花，在重要性上毕竟逊了一筹，舍就舍了吧。虽然花香不再，所幸生命大致完整。

请将剩下的四样当中，再剔去一样，仅剩三样。老师的声音很平和，却带有一种不容商榷的断然压力。

我面对自己的纸，犯了难。阳光、水、空气和笔……删掉哪样是好，思忖片刻，提笔把"水"划去了，从医学知识上讲，没有了空气，人只能苟延残喘几分钟，没有了水，在若干小时尚可坚持。两害相权取其轻吧。

也许女人真是水做的骨肉，"水"一被勾销，立觉喉咙苦涩，舌头肿痛，心也随之焦躁成灰，人好似成了金字塔里风干的法老。

我已经约略猜到了老师的程序，便有隐隐的痛楚弥漫开来。不断丧失的恐惧，化为乌云大兵压境。痛苦的抉择似一条苦难的巷道，弯弯曲曲伸向远方。

果然，老师说，继续划去一样，只剩两样。

这时教室内变得很寂静，好似荒凉的冢。每个人都在冥思苦想举棋不定。我已顾不得探查他人的答案，面对着自己人生的白纸，愁肠百结。

笔、阳光、空气……何去何从？

闭起眼睛一跺脚，我把"空气"划去了。

刹那间好像有一双阴冷的鹰爪，丝丝入扣地扼住我的咽喉，手指发麻眼冒金星，心如擂鼓气息屏室……

我曾在海拔五千多米的冰山上攀援绝壁，缺氧的滋味撕心裂肺。无论谁隔绝了空气，生命便飘然而逝。一切只能成为哲学意义上的讨论。

好了，现在再划去一样，只剩下最后一样。老师的音调很温和，但执着坚定充满决绝。对已是万般无奈之中的我们，此语一出，不啻惊雷。

教室内已经有轻轻的哭泣声。人啊，面临丧失，多么软弱苦楚。即使只是一种模拟，已使人肝肠寸断。

笔和阳光。它们在纸上势不两立地注视着我，陷我于深深的两难。

留下阳光吧——心灵深处在反复呼唤。妩媚温暖明亮洁净，天地一片光明。玫瑰花会重新开放，空气和水将濡养而出，百禽鸣唱，欢歌笑语。曾经失去的一切，都会在不知不觉当中悄然归来。纵使除了阳光什么也没有，也可以在沙滩上直直地卧晒太阳哇。

想到这里，心的每一个犄角，都金光灿烂起来。

只是，我在哪里？在干什么？

我看到自己孤独的身影，在海边寂寞的椰子树下拉长缩短，百无聊赖。孤独地看日出日落，听潮涨潮消。

那生命的存在，于我还有怎样的意义？！我执着地仰起头来问天。

天无语。

自问至此，水落石出。我慢而稳定地拿起笔，将纸上的"阳光"划掉了。

偌大一张纸，在反复勾勒的斑驳墨迹中，只残存下来一个固守的字——"笔"。

这种充满痛苦和抉择的测验，像一个逐渐缩窄的闸孔，将激越的水流凝聚成最后的能量，冲刷着我们的纷繁的取向。当那通道变得一夫当关、万夫莫开之时，生命的重中之重，就简洁而挺拔地凸立了。

感谢这一过程，让我清晰地得知什么是我生命中的真爱——就是我手中的这支笔啊。它噗噗地跳动着，击打着我的掌心，犹如我的另一颗心脏，推动我的一腔热血涌向四肢百骸。

突然发现周围万籁无声。人们在清醒地选择之后，明白了自己意志的支点，便像婴儿一般，单纯而明朗地宁静了。

我细心地收起这张白纸，一如珍藏一张既定的船票。知道了航向和终点，剩下的就是帆起桨落战胜风暴的努力了。

悄声

　　中国人在公共场合讲话的大嗓门，几乎和随地吐痰一样，成了国际上对我华族的诟病。舆论一边倒，好像都是文明教养的问题，其实有些不公平。我在美国，听到一位对语言学颇有心得的女士说，外文的单词，口唇的运动是连续而轻微的，所以很适宜细语，大家就可明白。但汉语的构成，是以字为单位，各"字"为战，每个字都有特定的意思，一个个拉着手往外蹦，各司其职，马虎不得。单兵作战，每个都要咬得清清亮亮，其中的失态和语气，非得音调高低起承转合地相配，所以操汉语的人，讲话的声音就不由自主地要大。这对于不同的语言来说，只是表达方式的不同，并无高下贵贱之分。如果把音调的差异，人为地打上

"高雅""低俗"的戳记，其实既不科学也不公平。

我佩服这种见解，考虑到我们的国情，不必跟在外人身后一个劲儿瞎起哄，好像只要说话的声音大了点儿，就是类人猿的亲戚了。这更多是一个语言发音的技术问题，而不是文明进化和教养的问题。抓住不放，就有文化沙文主义之嫌。

还是要提倡在公共场合的悄声。尤其是手机这种东西的普及，也让语言噪声大大地普及了。一次我在地铁上，近旁一个小伙子大概和女朋友吵架了，先是不可一世地狂哮，然后是奴颜婢膝地讨饶。可怜了一车厢乘客，都被迫成了一幕蹩脚广播剧的听众。车厢里特热特挤，加之凶暴斥责和谄媚求情的噪声，让众人生理心理都备受煎熬。

手机响了，通常是要接的，这是礼貌也是配备手机的用意所在。但在公众场合，就要有所节制。我怕在公共场合听到老板对下属的指令那种威严，让近旁的人也不由得打个冷战；也怕听到下属对上级的那种略带阿谀的服从，觉得有损人的平等和尊严。我不喜欢听嗲声嗲气的撒娇，觉得这属专有隐私，你有保护的义务，我也有不受骚扰的权利；我更不喜欢大声喧哗颐指气使，总觉得有虚张声势的炫耀和色厉内荏的浮躁。当然了，我也能充分理解回话人特殊的处境和语境，比如姑娘小伙正在热恋，一语不和就要分手，那刻不容缓的挽救，也属十万火急。上司的命令，当然要马首是瞻，不然好不容易找到的工作就可能被炒。凡此种种，情有可原。在我等外人看来是过分的语调，也许正是一种必需。这可怎么办？公共的礼仪需要照顾，但个人的需求也应满足。

首先想到手机要进一步提高质量，让任何微小的语音变化都可以清晰地传达，考虑到汉语传音的特色，要有更利于悄声说话的工具，才能减低分贝，共享空间的宁静。再者很希望手机有一个新的设置，当铃声骤然响起时，如果是在不宜答复或是长话需短说的公共场合，受话方只需轻轻一点，就能自动发出讯号，让对方得知此间还有无干人员，难以用惯常的身份口吻回话。公众的利益大于个人的利益，受话人的声音需符合公共规范，请发话人给予理解和体谅。

悄悄地说，希望能成为一种约定俗成。从此，我们更清静更从容。

○ 宁静有一种特殊的

力量

Wan
An

宁静有一种特殊的力量，就是不管外界怎样变化无常，都能让你的躯体自在平和。就像一艘在狂风巨浪中保持着稳定的船，你难道不惊异于它锚链的深度和船体的坚固吗？

我喜欢宁静的风景和宁静的人，这使我怡然。我的老师林教授曾经帮我分析过这种爱好的形成。她说，你是不是因为在西藏待得太久了，雪山和冰峰静止不动，久而久之，也就养成了你寂静的性格？

我承认她说得有道理。不过，我的幼儿园老师曾说过，我从小就是一个安静的孩子。

真的是这样吗？我不知道。我知道自己的心里常常翻涌着惊涛骇浪。我知道这是我必须经历的，并不害怕。但我不会很激烈地把它们表达出来，我觉得有一些事情要出现，就让它们出现好了。我不能阻止它们，但可以平静地面对它们。

我在西藏的高原上，看到过这个世界最为纯净的水。它们来自亿万年前的冰川。我常常站立在波涛翻卷的狮泉河边发呆，心想，水的力量和生命是多么伟大啊。它们历经沧桑，仍然珠圆玉润，没有一丝疲惫和倦怠。看不到些许的伤痕，更没有皱纹和白发，永远年轻地喧嚣着，如同新生的那一刹那。

我原来是很敬佩山的，但和水相比，山的自我修复能力要差很多，它们只能不由自主地风化下去，不可复原。山只能沿着一条没有回头的路，照直地走下去，大块的岩石崩塌，化为细碎的沙砾，然后继续颓弱，变成齑粉样的泥沙，再衰变为黄土……

人的心，还是像水吧。可以受伤，但永远有痊愈的力量。在大自然面前，人什么都无须保留，只需堂堂正正即可。

○ 流露你的
真表情

Wan
An

学医的时候，老师出过一道题目：人和动物，在解剖上的最大区别是什么？

当学生的，争先恐后地发言，都想由自己说出那个正确的答案。这看起来并不是个很难的问题。

有人说，是站立行走。先生说，不对。大猩猩也是可以站立的。

有人说，是懂得用火。先生不悦道，我问的是生理上的区别，并不是进化上的异同。

更有同学答，是劳动创造了人。先生说，你在社会学上也许可以得满分，但请听清我的问题。

满室寂然。

先生见我们混沌不悟，自答道，记住，是表情啊。地球上没有任何一种生物，有人类这样丰富的表情肌。比如笑吧，一只再聪明的狗，也是不会笑的。人类的近亲猴子，勉强算作会笑，但只能做出龇牙咧嘴一种状态。只有人类，才可以调动面部的所有肌群，调整出不同规格的笑容，比如微笑，比如嘲笑，比如冷笑，比如狂笑，以表达自身复杂的情感。

我在惊讶中记住了先生的话，以为是至理名言。

近些年来，我开始怀疑先生教了我一条谬论。

乘坐飞机，起飞之前，每次都有航空小姐为我们演示一遍空中遭遇紧急情形时，如何打开氧气面罩的操作。我乘坐飞机凡数十次，每一次都凝神细察，但从未看清过具体步骤。小姐满面笑容地屹立前舱，脸上很真诚，手上却很敷衍，好像在做一种太极功夫，点到为止，全然顾及不到这种急救措施对乘客是怎样的性命攸关。我分明看到了她们脸上悬挂的笑容和冷淡的心的分离，升起一种被愚弄的感觉。

我有一位相识许久的女友，原是个敢怒敢恨敢涕泪滂沱敢笑逐颜开的性情中人。几年不见，不知在哪里读了专为淑女规范言行的著作，同我谈话的时候，身子仄仄地欠着，双膝款款地屈着，嘴角勾勒成一个精致的角度。粗一看，你以为她时时在微笑，细一看，你就琢磨不透她的真表情，心里不禁有些毛起来。

你若在背后叫她，她是不会立刻回了脸来看你，而是端端地将身体转了过来，从容地对着你。说是骤然地回头，会使脖子上的肌肤提前老起来。

她是那样吝啬地使用她的表情，虽然她给你一个温馨的外壳，却没有丝毫的热度溢出来。我看着她，不由得想起儿时戴的大头娃娃面具。

遇到过一位哭哭啼啼的饭店服务员，说她一切按店方的要求去办，不想却被客人责难。那客人匆忙之中丢失了公文包，要她帮助寻找。客人焦急地述说着，她耐心地倾听着，正思谋着如何帮忙，客人竟勃然大怒，吼着说："我急得火烧眉毛，你竟然还在笑！你是在嘲笑我吗？"

"我那一刻绝没有笑。"服务员指天咒地地对我说。

看她的眼神，我相信这是真话。

"那么，你当时做了怎样一个表情呢？"我问，恍恍惚惚探到了一点头绪。

"我就是这样的……"她侧过脸，把那刻的表情模拟给我看。

那是一个职业女性训练有素的程式化的面庞，眉梢扬着，嘴角翘着……

无论我多么同情她，我还是要说——这是一张空洞漠然的笑脸。

服务员的脸已经被长期的工作，塑造成她自己也不能控制的形状。

表情肌不再表达人类的感情了。或者说，它们只表达一种感情，这就是微笑。

我们的生活中曾经排斥微笑，关于那个时代，我们已经做了结论，于是我们呼吁微笑，引进微笑，培育微笑，微笑就泛滥起来。银屏上著名和不著名的男女主持人无时无刻不在微笑，以至于使人们不得不疑问——我们的生活中真有那么多值得微笑的事情吗？

微笑变得越来越商业化了。他对你微笑，并不表明他的善意，微笑只是金钱的等价物。他对你微笑，并不表明他的诚恳，微笑兴许只是恶战的前奏。他对你微笑，并不说明他想帮助你，微笑只是一种谋略。他对你微笑，并不证明他对你的友谊，微笑只是麻痹你警惕的一重帐幕……

这样的事，见得太多之后，竟对微笑的本质怀疑起来。

亿万年的进化，我们的身体本身就成了一本书。

人的眉毛为什么要如此飞扬，轻松地直抵鬓角？那是因为此刻为鏖战的间隙，我们不必紧皱眉头思考，精神霍然舒展。

人的提上睑肌为什么要如此松弛，使眼裂缩小，眼神迷离，目光不再聚焦？那是因为面对朋友，可以放松警惕敞开心扉，懈怠自己紧张的神经，不必目光炯炯。

人的口角为什么上挑，不再抿成森然的一线？那是因为随时准备开启双唇，倾吐热情的话语，饮下甘甜的琼浆。

因为快乐和友情，从猿到人，演变出了美妙动人的微笑，这是人类无与伦比的财富。笑容像一只模型，把我们脸上的肌肉像羊群一般驯化了，让它们按照微笑的规则排列着，随时以备我们心情的调遣。

假若不是服从心情的安排，只是表情肌机械的动作，那无异于噩梦中腿肚子的抽筋，除了遗留久久的酸痛，与快乐是毫无关联的。

记得小时候读过大文豪雨果的《笑面人》。一个苦孩子被施了刑法，脸被固定成狂笑的模样。他痛苦不堪，因为他的任何表现，都只能使脸上狂笑的表情更为惨烈。

无时无刻不在笑——这是一种刑法。它使"笑"——这种人类最美丽最优秀的表情，蜕化为一种酷刑。

现在自然是没有这种刑法了，但如果不能表现自己的心愿，只是一味地微笑着，微笑像画皮一样黏附在我们的脸庞上，像破旧的门帘沉重地垂挂着，完全失掉了真诚善良的原始含义，那岂不是人类进化的大退步，大哀痛！

人类的表情肌，除了表达笑容，还用以表达愤怒、悲哀、思索、惆怅以至绝望。它就像天空中的七色彩虹，相辅相成。所有的表情都是完整的人生所必需的，是生命的元素。

　　我们既然具备了流泪本能，哀伤的时候，就听凭那些满含盐分的浊水淌出体外。血管偾张，目眦俱裂，不论是为红颜还是为功名，未必不是人生的大境界。额头没有一丝皱纹的美人，只怕血管里流动的都是冰。表情是心情的档案啊，如果永远只是一页空白的笑容，谁还愿把最重要的记录留在上面？

　　当然，我绝不是主张人人横眉冷对。经过漫长的隧道，我们终于笑起来了，这是一个大进步。但笑也是分阶段，也是有层次的。空洞而浅薄的笑，如同盲目的恨和无缘无故的悲哀一样，都是情感的赝品。

　　有一句话叫"笑比哭好"，我常常怀疑它的确切。笑和哭都是人类的正常情绪反应，谁能说黛玉临终时的笑比哭好呢？

　　痛则大哭，喜则大笑，只要是从心底流出的对世界的真情感，都是生命之壁的摩崖石刻，经得起岁月风雨的推敲，值得我们久久珍爱。

○ 对自己诚实

一点

当你企图在两个不同的自我之间游走时，你在生活中的形象就变得复杂混乱，你面临的形势也更加琢磨不透，甚至你的身体也无所适从了。

我们总是希图表现得比我们实际的情况要好一些。

好比我们小的时候，如果有客人要来，我们会被父母要求："你要乖一些啊！"等客人走了，父母会说："好了，现在你可以放松一下了。"这些都是很平常的话，却在不知不觉中给我们留存了一个印象——你要在某些特殊的场合和任务面前，努力表现得比你实际的状况更好。

什么是更好的呢？

就是按照世俗的标准，我们要更聪明、更好学、更勤劳、更大度、更幽默、更有责任感、更勇敢、更……还可以举出更多的"更"。总之，是比你本人更完美。

这个主观动机可能并不是太坏。爱美之心，人皆有之嘛！

不过，这就形成了一个习惯。我们把一个不真实的自我呈现在别人面前，并以为这才是可爱的，才是有价值的。而那个真实的自我，则是上不得台面的残次品，是应该被掩藏和遮盖的。

这就是自我形象的分裂。我们不喜欢真实的自我，我们把一个乔装打扮的"假我"拿给大家看。当这个"假我"被人欢迎和夸赞的时候，我们一方面沾沾自喜，觉得自己成功地扮演了一个角色，而这个角色就是别人眼中的"我"。另外一方面，我们的自卑加重了，我们知道外界的评价都是给予那个不存在的"我"，真实的我反倒像灰姑娘一样，躲在角落里捡煤渣。

长久下去，我们就变成了一个分裂的人。

这种现象，比比皆是。比如我们常常听到女性朋友说，结婚以后，他的真面目暴露出来了，我几乎不敢相信他和结婚前是同一个人。

也有的领导会说，这个人是我招聘的，当时看他十分勤快，想不到真的走上岗位以后，却非常懒惰，毫无工作的主动性。

以上这两个例子，最后是以离婚和炒鱿鱼作结。可见，伪装的自我，可以骗人一时，却不能矫饰久远，最后吃亏的还是你。

如果你觉得真实的自我还不够完善，那么最好的方法，是让自己渐渐变得完善起来，而不是敷衍、遮盖或欺骗。那样的话，自己很辛苦不说，离完美是越来越远。再有，天下的人都不是傻子，你装得了一时三刻，却没有法子永远生活在一个不属于你的光环中。一旦被人家识破，你被减分更多。

我年轻的时候，心其实很累。因为总想表现得比自己真实的状态更好一些，便不由自主地要作假。明明不快乐，怕被人看出，以为是思想有问题，就表现出欢天喜地的兴奋。对领导有意见，就故意在领导面前格外卖力工作。其实，那彼此的不融洽，大家心知肚明。在会议上有不同意见，因为判断出自己是少数，就放弃主见随大流，默不出声……凡此种种，以为是老练的举措，都让我做人辛苦，不胜其烦。

后来，终于明白了，要以自己的真实面目示人。没有必要取悦他人，没有必要委屈自己。这样做了以后，我本以为机会一定要少很多，因为抱定了破釜沉舟的决心，只求这一生做一个真实的自我，付出代价也认了。不想，却多了朋友，多了机缘。

思来想去，原来大家都更喜欢真实的东西。你真实了，自己安全了，也让他人觉得安全，机遇反倒萌生。从此，竭力真实。不但自己省力、省心，节省出的能量可以做更多的事情，而且成功的概率也高了起来。

○让我们
倾听

Wan
An

　　我读心理学博士方向的课程的时候，书写作业，其中有一篇是研究"倾听"。刚开始我想，这还不容易啊，人有两耳，只要不是先天失聪，落草就能听见动静；夜半时分，人睡着了，眼睛闭着，耳轮没有开关，一有月落乌啼，人就猛然惊醒，想不倾听都做不到。再者，我做内科医生多年，每天都要无数次地听病人倾倒满腔苦水，鼓膜都起茧子了。所以，倾听对我应不是问题。

　　查了资料，认真思考，才知差距多多。在"倾听"这门功课上，许多人不及格。如果谈话的人没有我们的学识高，我们就会虚与委蛇地听。如果谈话的人冗长烦琐，我们就会不客气地打断叙述。如果谈话的人言不及义，我们会明显地露出厌倦的神色。

如果谈话的人缺少真知灼见，我们会讽刺挖苦，令他难堪……凡此种种，我都无数次地表演过，至今一想起来，无地自容。

世上天然就掌握了倾听艺术的人，可说凤毛麟角。

不信，咱们来做一个试验。

你找一个好朋友，对他或她说，我现在同你讲我的心里话，你却不要认真听。你可以东张西望，你可以搔首弄姿，你也可以听音乐、梳头发，干一切你忽然想到的事，你也可以王顾左右而言他……总之，你什么都可以做，就是不必听我说。

当你的朋友决定配合你以后，这个游戏就可以开始了。你要拣一件撕肝裂胆的痛事来说，越动感情越好，切不可潦草敷衍。

好了，你说吧……

我猜你说不了多长时间，最多三分钟，就会鸣金收兵。无论如何你也说不下去了。面对着一个对你的疾苦、你的忧愁无动于衷的家伙，你再无兴趣敞开襟怀。你不但缄口了，而且感到沮丧和愤怒。你觉得这个朋友愧对你的信任，太不够朋友。你决定以后和他渐疏渐远，你甚至怀疑认识这个人是不是一个错误……

你会说，不认真听别人讲话，会有这样严重的后果吗？我可以很负责地告诉你，正是如此。有很多我们丧失的机遇，有若干阴差阳错的信息，有不少失之交臂的朋友，甚至各奔东西的恋人，那绝缘的起因，都系我们不曾学会倾听。

好了，这个令人不愉快的游戏我们就做到这里。下面，我们来做一个令人愉快的活动。

还是你和你的朋友。这一次，是你的朋友向你诉说刻骨铭心的往事。请你身体前倾，请你目光和煦。你屏息关注着他的眼神，你随着他的情感冲浪而起伏。如果他高兴，你也报以会心的微笑。如果他悲哀，你便陪伴着垂下眼帘。如果他落泪了，你温柔地递上纸巾。如果他久久地沉默，你也和他缄口走过……

非常简单。当他说完了，游戏就结束了。你可以问问他，在你这样倾听他的过程中，他感到了什么？

我猜，你的朋友会告诉你，你给了他尊重，给了他关爱；给他的孤独以抚慰，给他的无望以曙光；给他的快乐加倍，给他的哀伤减半；你是他最好的朋友之一，他会记得和你一道度过的难忘时光。

这就是倾听的魔力。

倾听的"倾"字，我原以为就是表示身体向前斜着，用肢体语言表示关爱与注重。翻查字典，其实不然。或者说仅仅作这样的理解是不够全面的。倾听，就是"用尽力量去听"。这里的"倾"字，类乎倾巢出动，类乎倾箱倒箧，类乎倾国倾城，类乎倾盆大雨……总之殚精竭虑毫无保留。

可能有点夸张和矫枉过正，但倾听的重要性我以为必须提到相当的高度来认识，这是一个人心理是否健康的重要标志之一。人活在世上，说和听是两件要务。说，主要是表达自己的思想情感和意识，每一个说话的人都希望别人能够听到自己的声音。听，就是接收他人描述的内心想法，以达到沟通和交流的目的。听和说像是鲲鹏的两只翅膀，必须协调展开，才能直上九万里。

现代生活飞速地发展，人的一辈子，再不是蜷缩在一个小村或小镇，而是纵横驰骋、漂洋过海；所接触的人，不再是几十一百，很可能成千上万。要在相对短暂的时间内，让别人听懂你的话，让你听懂别人的话，并且在两颗头脑之间产生碰撞，这就变成了心灵的艺术。

现今鼓励青年励志的书很多，教你怎样展现自我优点，怎样在第一时间给人一个好印象，怎样通过匪夷所思的面试，怎样追逐一见钟情的异性……都有不少绝招。有人就觉得人际交往是一个充满了技术的领域，可以靠掌握若干独门功夫就能翻云覆雨的领域。其实，享有好的人际关系，学会交流，听比说更重要。

从人的发展顺序来看，我们是先学着听。我之所以用了"学着"这个词，是指如果没有系统的学习，有的人可能终其一生，都没能学会如何"听"。他可以听到雪落的声音，可他感觉不到肃穆；他可以听到儿童的笑声，可他感受不到纯真；他可以听到旁人的哭泣，却体察不到他人的悲苦；他可以听到内心的呼唤，却不知怎样关爱灵魂。

从婴儿开始，我们就无意识地在听，听亲人的呼唤，听自然界的风雨，听远方的信息，听社会约定俗成。这是一种模糊的天赋,是可以发扬光大也可以湮灭无闻的本能。有人练出了发达的听力,有人干脆闭目塞听。有很多描绘这种状态的词语,比如"充耳不闻""置若罔闻"……对"闻"还有歧视性的偏见,比如"百闻不如一见"。

听是需要学习的,它比"说"更重要。如果我们没有听到有关的信息,我们的"说"就是无的放矢。轻率的人,容易下车伊始就哇里哇啦地说,其实沉着安静地听,是人生的大境界。

只有认真地听,你才能对周围有更确切的感知,才能对历史有更深刻的把握,才能把他人的智慧集于己身,才能拓展自己的眼界和胸怀。

读书是一种更广义的倾听。你借助文字,倾听已逝哲人的教诲;你借助翻译,得知远方异族的灵慧。

倾听使人生丰富多彩,你将不再宥于一己的狭隘贝壳,潜入浩瀚的深海;倾听使人谦虚,知道山外有山、天外有天;倾听使人安宁,你知道了孤独和苦难并非只莅临你的屋檐;倾听使人警醒,你知道此时此刻有多少大脑飞速运转,有多少巧手翻飞不息。

倾听是美丽的,你因此发现世界是如此五彩缤纷。倾听是幸福的一种表达,因为你从此不再孤单。

倾听是分层次的。某人在特定的时刻,讲了特定的话,只有当我们心静如水,才能听到他的话后之话。年轻人最易犯的毛病是——他明白所有倾听的要素，也懂得做出倾听的姿态，其实呢，他在想着自己待会儿要说的话。他关注的不是述说者，而是自己。"佯听"是很容易露馅的，只要他一开口讲话，神游天外的破绽就败露了。两个面对面诉说的人，其实是最危险的敌人。一切都被心灵记录在案。

倾听是老老实实的活儿，来不得半点虚假和做作。倾听是对真诚直截了当的考验。所以，如果你不想倾听，那不是罪过。如果你伪装倾听，就不单是虚伪，而且是愚蠢了。

当我深刻地明白了倾听的本质而不是仅仅把它当成讨好的策略后，倾听就向我展示了它更加美丽的内涵。它无处不在，息息相关。如果你谦虚，以万物为师长，你会听到松涛海啸雪落冰融，你会听到蚂蚁的微笑和枫叶的叹息。如果你平等待人，你的耐心就有了坚实的基础，你可以从述说者那里获得宝贵的馈赠，那就是温暖的信任和支撑。

年轻的朋友们，让我们学会倾听吧。当你能够沉静地坐下来，目光清澄地注视着对方，抛弃自己的傲慢和虚荣，微微前倾你的身姿，那么你就能听到心与心碰撞的清脆音响，宛若风铃。

○ 阅读是一种

孤独

阅读的感觉难以比拟。

它有些像吃。对于头脑来说，渴望阅读的时刻必定虚怀若谷。假如脑袋装得满满当当，不断溢出香槟酒一样的泡沫，不论这泡沫是泛着金黄的铜彩还是热恋的粉红，都不宜于阅读，尤其是阅读名著。

头脑需嗷嗷待哺，像荒原上觅食的狼。人愈是年轻的时候，愈是贪吃。随着年龄的增长，我们吃得渐渐地少了，但要求渐渐地精了。我们知道了什么于我们有益，什么于我们无补。我们不必像小的时候，总要把整碗面都吃光，才知道碗底下并没有卧着鸡蛋。我们以为是碗欺骗了我们，其实是缺少经验。有许多长寿的人，你问他常吃什么食品，他们回答说：什么都吃，并无特殊的禁忌。但有许多东西他们只尝一口，就能敏锐地判断出成色。我想寿星老儿的胃一定都是很坚强的，只有一个坚强的胃才能养活得了一个聪明的脑。读书也是一样，好的书，是人参燕窝熊掌，人生若不大快朵颐，岂不白在世上潇洒走过一回？坏的书，是腐肉砒霜氰化物，浪费了时间贻误了性命。关于读什么书好的问题，要多听老年人的意见，他们是有经验的水手。也许在航道的选择上有趋于保守的看法，但他们对于风暴的预测绝对准确。名著一般多是经过了许多年代的考验，是被大师们的智慧研磨了无数遭的精品，读的时候，像烈火烹油的满汉全席，为大家享受。

它有些像睡。我小的时候，当我忧愁，当我病痛，当我莫名其妙烦躁的时候，妈妈总是摸着我的头说，去睡吧，睡一觉也许就好了。睡眠中真的蕴藏着奇妙的物质，起床的时候我们比躺下时信心倍增。阅读是一种精神的按摩，在书页中你嗅得见悲剧的泪痕，摸得着喜剧的笑靥，可以看清智者额头的皱纹，不敢碰撞勇士鲜血淋淋的创口……当合上书的时候，你一下子苍老又顿时年轻。飞薄的纸页和人所共知的文字只是由于排列的不同，就使人的灵魂和它发生共振，为精神增添了新的钙质。当我们读完名著的最后一个字时，仿佛从酣然梦幻中醒来，重又生机益然。

它有些像搏斗。阅读的时候，我们不断同书的作者争辩。

我们极力想寻出破绽，作者则千方百计把读者柔软的思绪纳入他的模具。在这种智力的角斗中，我们往往败下阵来。但思维的力度却在争执中强硬了翅膀。在读名著的时候，我常常在看上一页的时候，揣测下一页的趋势。它们经常同我的想象悬殊甚远。这种时候我会很高兴，知道自己碰上了武林中的高手。大师们的著作像某一流派掌门人的秘籍，记载着绝世的功法。细细研读，琢磨他们的一招一式，会在潜移默化中悟出不可言传的韵律。只是江湖上的口诀多藏深山之密室，各个学科大师们的真迹却是唾手而得。由于它的廉价和平凡，人们常常忽视了它的价值。那是古往今来人类最智慧的大脑留给我们的结晶啊！我一次次在先哲们辉煌的思辨与精湛的匠艺面前顶礼膜拜，我一次次在无与伦比的语言搭配之下惊诧莫名……我战胜自己的怯懦不断地阅读它们，勇敢地从匍匐中站起。我知道大师们在高远的天际微笑着注视着后人，他们虽然灿烂却已经凝固。他们是秒表上固定了的纪录，是一根不再升高的横杆。今人虽然暗淡，但我们年轻。作为阅读者，我们还处在生命的不断蜕变之中，茧里可能飞出美丽的蝴蝶。在阅读中，我们被征服。我们在较量中蓬勃了自身，迸发出从未有过的力量。

阅读是一种孤独。几个人共看一本书，那只是在极小的时候争抢连环画。它同看电影看录像听音乐会是那样的不同。前者是一块巨大的生日蛋糕可以美味地共享，后者只是孤灯下的一盏清茶，只可独啜，倾听一个遥远的灵魂对你一个人窃窃私语。它在不同的时间对不同的人说过同样的话，但你此时只感觉它在为你而歌唱。如果你不听，它也不会恼，只会无声地从书页里渗出悲悯的叹息。你啪地合上书，就把一代先哲幽禁在里面。但你忍不住又要打开它，穿越历史的灰尘与它对话。

阅读名著不可以在太快乐的时光。人们在幸福的时候往往读不进书。快乐是一团粉红色的烟雾，易使我们的眼睛近视。名著里很少恭维幸运的话语，它们更多是苦难之蚌分泌的珍珠。

阅读名著也不可在富裕的时刻。阅读其实是思索的体操，富裕的膏脂太多时，脑子转动得就慢了。名著多半是智者饿着肚子时写成的，过饱者是不大读得懂饥饿的文字的。真正的阅读，可以发生在喧嚣的人海，也可以在冷峻的沙漠；可以在灯红酒绿的闹市，也可以在月影婆娑的海岛。无论周围有多少双眼睛，无论分贝达到怎样的嘈杂，真正的阅读注定孤独。那是一颗心灵对另一颗心灵单独的捶击，那是已经成仙的老爷爷特地为你讲的故事。

○ 择书
秘诀

小时，送一位得病的同学回家。因为天晚，我赶不回住宿的学校，就住在她家的书房。她老爹是搞音乐的，我睡的沙发被顶天的书柜包围着，里面都是有关音乐的书，黑暗中像壁立的石崖。在我以为音乐书就是简谱歌本的心里，引起大震惊。

后来我结识了一位学化学的朋友，才知道这世界上有关化学的书，可以拉几个火车皮。

再以后，我到了一家搞经济和金属的公司，对于他们汗牛充栋的经济和冶炼金属的书，已是见怪不怪了。

世上的行业越分越细，有关的书就越来越多。古代的诗人说"读万卷书"的时候，全世界书的总量，大约还是能够统计出来的（当然要有耐心）。现如今信息爆炸，书的总量肯定是一个天文数字，再也没有人敢去计算了。

面对着恒河沙数一般的书，怎么读呢？

朱光潜先生说过："任何一种学问的书籍现在都可以装满一个图书馆，其中真正绝对不可不读的著作，往往不过数十部甚至数部。"

怎么在这浩如烟海的书中，找出那些最优秀、最值得一读、最对自己脾气的书呢？

对于以前的书，我们好歹还有时间这只公正的胳膊可以依傍，风起云涌的新书，更令我们双眼迷离。万般无奈之下，总结出几点择书的诀窍，平日是绝不敢对别人谈的，恐遭人批判，今日斗胆写在这里。

一是不看最新的书。

最新的不一定是最好的。我不愿做第一个吃螃蟹的人，心地很是自私，宁愿自家在暗处躲着，看别的英勇的人们去吃，然后注意地听其中有智之士的言语，待人家说好，这才找了来看，颇有投机革命的意味。好处是可以节省自己的时间，避免无谓的消耗。坏处是当别人津津乐道某一部书坛新秀时，自己丈二和尚摸不着头脑，一派混沌。议论时，若是那一瞬诚实心理占上风，就鼓足勇气说自己还没有读过；虚荣占上风时，就哼哼哈哈地敷衍几点从他处拾得的牙慧，遮掩自己的落伍。

二是不相信报纸杂志上的书评。

这招虽恶，然也是积攒了许多教训才得来的。早先是信的，且不是一般的信，真是信得忠心耿耿，听人说了哪本书好，千方百计地买了来。但很失望了几次以后，就渐渐狡猾起来。贿买书评的消息时有所闻，出版社为招徕读者，也常做自吹自擂的游戏，朋友间的友情出演也是屡见不鲜……凡此种种，我都可理解，报以一笑。如今的文人不容易，出一本书不容易，希望闹出些声响也是情理中的事。但既已知了路数，要我仔细去看那背景叵测的评论，终是心有余力不足了。这种"打击一大片"的狭隘观点，弊病自是不用讲了，我冤屈了不计其数的好评论，晚看了不计其数的好书，也是罪有应得的下场。

三是在自家心中列了一个秘不传人的黑名单。

无论中国外国，有一些人的书，我是一定不读的；有一些人的文章，我是一定不看的。这并不是依了某种政治或是艺术的神圣标准，只是自己的癖好。我也不是从一开始就这般决绝，最少需看过他三次，才肯下这打入冷宫的狠心。我对任何一种第一次接触的风格或领域，都格外认真，仿佛对待一块挖自深山的宝玉，是慎之又慎。倘若不喜欢，一定是责怪自己的浅薄，无法理解其中的微言大义。第二次读时，就换一个更舒适的姿势，寻一个更安宁的时间，酝酿一个更清明的心境。倘还不热爱，第三次就需正襟危坐、殚精竭虑、如履薄冰地皱着眉咬着牙地思索着读下去……但事不过三。假若最后还是看不懂，不喜欢，我一边咒骂着自己的弱智，一边痛下决心，含泪同这位旷世的奇才告别。除非将来谁告诉我，这位天才发生了翻天覆地的变化，我才有胆量重试一遭读他的书。一般情形下，那黑名单是终身制的。

这法子的恶果真是太硕大了，我同多少俊杰失之交臂！然伤感之余，想到人读书的口味也和那个爱得溃疡的胃有些相似，某些食品虽是公认的好，比如辣椒，但自己不喜欢，也没法受纳。

说了这许多"不读"的清规，那自家根据什么来选"读"的篇目呢？说来惭愧，遵循的是古老极了、手工极了、简陋极了、迟钝极了的土方子。

首先就是有学识、有肝胆、不媚俗、不功利的师长与朋友的口口相授。倘他们说某一本书值得一读，我便是踏破铁鞋也要寻到。

再有就是独自在书海乱翻。拣到一本，先像化验游泳池水是否清洁一般，任意取几个样——把书翻开，随便读几段；然后再看结尾，我以为一个好的结尾比开头更能说明作者思维的深度和控制的力度；最后再装作无意其实非常认真地看一眼价格（即使对于图书馆的书，我也会看）……

凭的是冥冥之中与某本书的缘分。

○ 病中
读书谱

Wan
An

　　病床是一个独立的区域。那里的居民和平时的我们，发生了不可忽视的变化。

　　虚弱了。平日能站着或是坐着读书的身体，现在只有横在那儿，像遗在轨道外面的枕木。卧姿读书的最大特点是——随时都可昏昏入睡。这就对书的选择和要求苛刻起来，好像虚弱的脾胃，渴求营养但又要挑柔软好吃的食物。

　　脾气变坏。严重到不肯姑息和格外暴躁，原先对书中的毛病，凡非尖锐硬伤，比如错别字和无聊的噱头，包括作者的某种虚荣和愚蠢，都可散淡处之，但自身的种种不适，尖锐地降低了对书中不良倾向的容忍标杆。病使我们血气方刚，不再原谅，不再敦厚，不再"费厄泼赖"。怒火中烧的后果是把一些平日尚可接受的书，永远打入了冷宫。

病增敏感。平日忙碌粗疏，书读得很快，不敢说一目十行，瞟它三四行总是有的。疾患销蚀了灵巧，使得动作徐缓，仿佛太空人。擎书的艰难和翻页的迟钝，令书上的字迹深深定格脑幕，好像元宵节悬挂过久的灯谜，被人忘了取下。于是所有禁不起推敲的细节和词语，矫饰与虚伪，都在太长的注视下露出破绽。被人愚弄的焦躁，如同酵母般膨胀。幸好敏感的刃是双重的，剥夺的同时也有赠予。令人清醒的情景和美好的人物，因了这份平日疏远的细致，空前地放大了，活泼生猛，给病榻上的我们带来感动和生机。

病使耐性衰减。平时很难忍，前一百页书不好看，不精彩，兴趣并无大的顿挫。我们记得好戏还在后面、包子有肉不在褶上等一系列少安毋躁的常识，说服自己绰绰有余。但病魔在摧残体力的同时，顺手牵羊带走了耐心。疾病使人清晰地听到了生命之钟的倒计时，不愿把宝贵的光阴和药物抵御病痛换来的片刻安宁，给予啰唆乏味离题千里的卖弄者。就算他在厚厚的面团中潜藏了些许肉丁，急躁的病人也等不及了，弃它远行。

于是病中的阅读，就成了一件比女人挑选时装更啰唆的工程。

太紧张激烈的书不读。心脏和神经，在白色帷幕重重包围中，如惊弓之鸟，易受招惹。为了长治久安，还是徐徐图之好。

太晦涩的书不读。病中的迟钝，大约有目共睹。四处弥漫的消毒水气息，处心积虑和灰色的理论相克，当你一思索，它就放烟雾。我相信"场"的力量，医院是一个让人弱智的地方。

阴暗丑恶的书不读。这种书，平日也不愿读，但读书也像神农尝百草似的，并不能完全以自己的口感定夺，阅读是工作的一部分。病床上，我给自己放个暑假。那些糟糕的又不可不读的书，留着身手矫健、意气风发的时辰对付吧。

太缠绵悱恻的书不读。臆造的美丽故事，带着人世间的夸张虚幻，惹得病中之人发笑。病使情感识别系统高速旋转，那些琐碎的卿卿我我，铁屑一样令眼球不适。也许是离死亡近了，看爱情就更纯正永恒。大的爱也如大的死一般，是宽广和柔软的，云雾似的包容天地。

除了以上这些禁忌，还有格外的技术性挑剔。比如精装书不能读，华美外壳，难以卷折，双臂镂空，不一会儿手酸胳膊麻。开本太大的杂志不能读，侧卧在床，无法长久地保持固定姿势，巨如案板的面积，使掌握稳定的阅读距离变得艰难。太沉重的大部头著作不能读，理由不言自明，概因不是抓举运动员。太肮脏残破的书不乐意读，日日消毒打针滋生出洁癖，觉得旧页上爬满细菌。这后一条纯属心理障碍，但有什么办法呢？人以病为豁免，时有不讲理，健硕的人只好不一般见识。

　　前一段我有幸获得这种特权，除了被重重管子套牢在监护室的日子，病床上终日以书为伴。这也不喜读，那也不爱看，家人最后烦起来，说这样吧，给你带些童话来吧。

　　于是，童话来了。它们款款地融进医院森严的白色，在温暖的阳光里蒲公英般降落。轻淡的，柔软的，温和的，善良的……阅读它们，就像赤脚走在埋着金砂的河滩，恬淡地踱着，无意中会捡到一颗钻石。数不清的童话，就像洁白的羽绒，安宁地掩盖着脆弱的灵魂，伴随它平稳地度过玄关。

　　也许每个人都有自己病中的阅读谱，就像食谱的流食半流食一样，针对自己羸弱了的神经，需要补充和增加养分。不知道童话是否对他人有益？出院后，朋友教我一招黑鱼炖山药，说是补血补气，一试，果然有效。于是不揣冒昧地将自己病中的读书谱写出来，不敢比黑鱼山药的浓郁，就相当于侉炖鲫鱼瓜子的清汤吧。

○ 兴趣就像
食物

　　一位营养学家曾对我说，一个人每天摄入的食物，至少要超过18种。我吓了一大跳，叫道，啊呀呀，那么多！肚子里岂不是要开成了一个杂货店？营养学家说，人的成长发育就像建造一座大厦，需要各种各样的材料，比如砖瓦木料、油漆水泥、瓷砖钢窗、浴缸水管……在一个人小的时候，营养越丰富越好，这样才能保证身体健康、骨骼强壮，长成优良的体魄。

　　他的话，我思索了很久。从人的生理到人的心理，如果说一个孩子长身体的时候，食物越丰富越好，那么在发展个人精神世界方面，也不应该偏食，需要从小培养起对世界广泛的兴趣。

　　小时候，我天性好动，每天到处跑来跑去，眼睛看到一个目标，脚步就不由自主地奔过去。眼光可比双腿跑得快多了，这样人的重心就向前倾斜，接下来的事件就很可悲了，全身凌空飞起，一个大马趴匍匐在地上。我对于"欲速则不达"这句话的体会简直刻骨铭心。因为后面的事儿就不是到达目的地后如何满足好奇心，而是膝盖磕到地上，鲜血流淌，疼得直抽冷气。但这种凄惨的遭遇，并没有损耗掉我对未知事物的兴趣，只是以后慢慢地不那么毛躁了，眼睛在盯着目标的时候，也要关照脚下的路上是否有石子。

我喜欢语文，也喜欢数学。我觉得这两门功课都很重要，一种是说话的学问（我把写文章也放在广义的"说话"范围里，它指的是用笔把你心里要说的话告诉别人）；一种是计算的能力。人活在世上，离不开与人交流和科学技术两件大事，这就和语文算术密切相关。要是你连自己的意见都表达不清，就很容易引起别人的误会，这样，一来耽误时间，二来也会增加许多不必要的麻烦。至于数学是科学的奠基石，就不必我多说了。所以，对于必须掌握的功课，要从道理上明白它的重要性。兴趣和道理像一对双胞胎，有时候，我们是先有兴趣，才明白其中蕴含的道理的，比如瓦特发明蒸汽机。有的时候，恰恰相反，是我们明白了道理，才逐渐地培养起了兴趣。

我16岁的时候，被分配去当卫生员。当时，我伤心死了，觉得自己好倒霉啊，成天净和脓血病菌打交道不说，见到的人没有一个笑模样，都是唉声叹气、愁眉苦脸的病秧子。我心想，这样干下去，用不了多久，肯定自己也得变成一副苦瓜脸。但是我从理智上知道这个工作还是很光荣的——一个人得了病，正是他一生中最需要人帮助的时候。谁能保证自己一辈子永远健康呢？在别人需要的时候，能够为人家做一点儿事情，就应该竭尽全力。我强迫自己认真地学习医学知识，热情为病人服务，慢慢地就对医学有了兴趣。病人都爱找我看病，说我是个好医生。我后来一直当到了内科主治医师。在从事医学工作20年以后，因为写作的需要，我决定暂时不当医生了。脱下穿了几十年的白色工作服时，我的心里充满了一种难舍难分的眷恋。我这才意识到，对医学的兴趣与热爱，已深深地融化在我的血液中。

人的兴趣也应该像吃饭一样，不挑食。世界是这样绚丽多彩，像一台大屏幕的彩色电视机，你要是把自己的兴趣局限得很小，就像一台小小的黑白电视机，那会限制我们的视野。

爱好大自然，应该是我们所有爱好中最经久不息、永不褪色的选择。人类是自然之子，我们从自然中来，还要回到自然中去。自然教给我们很多书本上没有的知识，让我们感悟到生命的宝贵和时间的永恒。大自然会激起我们探索宇宙奥秘的信心，会荡涤我们在城市中变迟钝的神经；会使我们变得善良宽容，与世界上的万物和平相处。

人的兴趣像一种奇怪的竹笋，会在某个特定的时候，猛地蹿出坚硬的土地。新生的笋芽见风就长，如果有了合适的水土，就会蓬蓬勃勃地指向蓝天，长成一竿笔直的翠竹。记得那时我上小学五年级，读了一些天文学的书，突然对辽阔的星空产生了强烈的好奇。每个晴朗的晚上，我都仰着脖子，在城市明亮的灯光缝隙中，吃力地辨认着天上的星座，甚至希望自己也能发现一颗偶然闯过的小星，然后以我的名字命名……我甚至给当时的北京天文台台长写了一封信，向他请教一个很专业的天文学问题，那是我从一本天文学著作中看到的一个迄今未解决的天文疑案。我每天都到学校的传达室，焦急地询问有没有我的信，但是很可惜，直到我小学毕业，也没有收到台长的回信。我临离开学校的最后一件事，就是嘱咐看门的老大爷，要是有了我的信，可千万要告诉我啊。我始终没有收到印着"北京天文台"字样的信封（它不止一次在我的睡梦中翩翩飞来，信封是蓝色的，台长的字迹很大，可就是看不清写的是什么，真急死人），不过这一点儿也没使我灰心，我下定决心，长大后投考天文系，亲自探索宇宙的秘密。要不是后来爆发了"文化大革命"，使我们这一代人都失去了上学的机会，我一定会梦想成真。我一直保持着对自然科学浓厚的兴趣，可能和小时候的这段经历有关。

就像自然界存在着生态平衡，各种营养素之间需要互补一样，人的兴趣越是多样化，越能开阔我们的眼界，融会贯通，使我们心明眼亮、反应机敏。比如你热爱电子计算机，就要涉及软硬件许多领域，它促使你读外语，查字典，学习更多的科学技术；如果你热爱集邮，小小的方寸之地里，有纵横古今驰骋八方的知识；如果你对体育有兴趣，它除了送你健康的体魄和高超的技巧以外，还会锻炼你的友善与合作精神；如果你爱好的是书法和绘画，那更是在文化和艺术的大海里游泳了……

一个人在少年时代，应该努力培养自己多方面的兴趣，尽力开拓自己的潜能。因为每个人都是与众不同的个体，一定有一粒自己特别爱好、特别感兴趣的种子，埋在我们的心底。有的人寻找一生，也不知道自己到底爱干什么，怎样才能干得更好。真正的兴趣，或许像一只狡猾的小狐狸，潜伏在草丛中睡个不醒。只有"广泛爱好"这张巨大的网铺天盖地般罩下来，才有可能把小狐狸捕获，让我们受益终生。

爱因斯坦说过，爱好是最好的老师。我对这句话的理解是：人凭着责任心，是可以把自己不爱好的事干好的；但人若是干自己爱好的事，再加上责任心这副强有力的翅膀，他就会干得更出色，而且这个充满乐趣的工作，会使他满怀创造性劳动的自豪感，取得更好的成绩。

我从小就喜欢作文，那时并没有想到以后要当作家，只是觉得语言是一种很有趣的东西，可以把心里想的念头留在纸上，不管多长时间以后，只要你重读到这些文字，以前的感觉就十分神奇地复活了。后来我当了医生，很想使自己忘掉对语言的这种热爱，因为一个医生只要服务态度好，能把病人患病的情况，深入浅出地解释清楚，也就说得过去了。但是，我真的无法放弃对语言的这种关注，包括我写病历的时候，在力求精确迅捷的前提下，也总忘不了来一两个形容词。后来，当我终于有机会在写作和医学之间做一个选择的时候，我知道继续做医生对我来说，是很保险很轻车熟路的事，而写作则是崭新的挑战。我很为难。

半夜醒来的时候，我对自己说，你是更喜爱医学，还是更喜爱写作呢？

我听见自己的心灵在回答，我更喜爱写作。

我听从了自己的兴趣和爱好。写作使我很辛苦，但也使我很快乐。"爱好"不单成了我的老师，简直就是我的军师了。

○ 请听凭
内心

　　根据心理学的原则，人的行为动机无限多样，具有不可推测性。所以，你不必时时处处知道别人怎么想，你只要很清楚地知道自己是怎样想的，就相当不错了。

　　也许你要说，知己知彼，百战百胜嘛！这句古话固然不错，但那充其量只是一个充满了浪漫主义的想象。有谁能在一生中百战百胜？既然不可能，那么也只有听凭内心。况且人生也不是战场，有什么必要在和别人交往中百战百胜呢？那是战争哲学，不是快乐的处世之道。

　　我们不能随随便便改变生命中最基本的食物，这就是我们的集体无意识。我们不能改变友爱，这是我们从远古到今天不至于灭亡的法宝之一。我们不能不歌颂勇敢，因为那是祖先的光荣，我们不是懦弱者的后代，不是，永远不是。我们必须珍视凌越一己生命之上的某些东西，因为正是它们，将我们和动物区分开来。我们只有爱好光明，不然我们会成为黑暗中的蛆虫……就这么简单。如果你想撼动某些精神的法则，只有你自己的灭失作为结局，而人类依然向前。

请消除对于生存之艰苦的怯懦。

我们有理由怕苦，怕太热，怕太冷，怕风沙，怕熊罴……总而言之，怕那些我们不舒服的东西。

不过，所有的新发现中，都会有一些不熟悉的因子存在着，都会有风险和失败等着我们。消除这些恐惧的最简单的方式，就是不畏惧生存之艰苦。当我们的身体能够适应苦难的时候，我们的意志往往会跟随。

○ 比树

Wan
An

更长久的

人们对于生命比自己更长久的物件，通常报以恭敬和仰慕。对于活得比自己短暂的东西，则多轻视和俯视。前者比如星空，比如河海，比如久远的庙宇和沙埋的古物。后者比如朝露，比如秋霜，比如瞬息即逝的流萤和轻风。甚至是对于动物和植物，也是比较尊崇那些寿命高渺的巨松和老龟，而轻慢浮游的孑孓和不知寒冬的秋虫。在这种厚此薄彼的好恶中，折射着人间对于时间的敬畏和对死亡的慑服。

妈妈说过，人是活不过一棵树的。所以我从小就决定种几棵树，当我死了以后，这些树还活着，替我晒太阳和给人阴凉，包括也养活几条虫子，让鸟儿在累的时候填饱肚子，然后歇脚和我绕着苹果树转了又转，骇然于生命的强韧。

甚至不敢去抚摸它紫青色的树干，
唯恐惊扰了这欣欣向荣的轮回。

唱歌。我当少先队员的时候，种过白蜡和柳树。后来植树节的时候，又种过杨树和松树。当我在乡下有了几间小屋，有了一块属于自己的小园子之后，我种了玫瑰和玉兰，种了法桐和迎春。有一天，我在路上走，看到一截干枯的树桩，所有的枝都被锯掉了，树根仅剩一些凌乱的须，仿佛一支倒竖的鸡毛掸子。我问老乡，这是什么？老乡说，柴火。我说，我知道它现在是柴火，想知道它以前是什么。老乡说，苹果树。我说，它能结苹果吗？老乡说，结过。我不禁愤然道，为什么要把开花结果的树伐掉？老乡说，修路。

公路横穿果园，苹果树只好让路。人们把细的枝条锯下填了灶坑，剩下这拖泥带土的根，连生火的价值都打了折扣，弃在一边。

我说，我要是把这树根拿回去栽起来，它会活吗？老乡说，不知道。树的心事，谁知道呢？我惊，说，树也会想心事吗？老乡很肯定地说，会。如果它想活，它就会活。

我把鸡毛掸子种在了园子里。挖了一个很大的坑，浇了很多的水。先生说，根须已经折断了大部，根本就用不了这么大的坑，又不是要埋一个人。水也太多了，好像不是种树，是蓄洪。我说，坑就是它的家，水就是它的粮食。我希望它有一份好心情。

种下苹果树之后的两个月，我一直四处忙，没时间到乡下去。当我再一次推开园子的小门，看到苹果树的时候，惊艳绝倒。苹果树抽出几十枝长长短短的枝条，绿叶盈盈，在微风中如同千手观音一般舞着，曼妙多姿。

我绕着苹果树转了又转，骇然于生命的强韧。甚至不敢去抚摸它紫青色的树干，唯恐惊扰了这欣欣向荣的轮回。此刻的苹果树在我眼中，非但有了心情，简直就有了灵性。

当我看到云南个旧市老阴山上的文学林的时候，知道自己又碰上了一群有灵性的树。1983年的春天，丁玲、杨沫、白桦、茹志鹃、王安忆等二十多位作家，在这里种下了树。二十一年过去了，我看到一棵高高的杉树，上面挂着一个铭牌，写着"李乔"。李乔是位彝族作家，已然仙逝。我没缘分见到他本人，但我看到了他栽下的树。以后当我想起他的时候，记不得他的音容笑貌，但会闪现出这棵高大的杉。李乔已经把生命的一部分嫁接到杉的枝叶里，这棵杉树从此有了自己的名姓。

也许是考虑到每人一棵树，不一定能保证成活，也不一定能保证多少年后依然健在，这次聚会，栽树的仪式改为大家同栽一棵树。

这是一棵很大的树，枝叶繁茂。我也挤在人群中扬了几锹土，然后悄悄问旁人，这是一棵什么树？

是棕树的一种，国家二类保护树种呢！工作人员告诉我。

这棵树能活多少年呢？我又追问。

　　这个……不大清楚。想来，一百年总是有的吧。工作人员沉吟着。

　　我看着那棵新栽下的棕树，心想不管它的寿命多么长久，总有凋亡的那一天。也许是被雷火劈中，也许是被山洪冲毁，也许是被冰霜压垮，也许是被盗木者砍伐……总之，一棵树也像一个人一样，有无数种死法，总之是不会永远常青的。

　　在栽树的时候，去谋划一棵树的死亡，这近乎是刻毒了。我不想诅咒一棵树。鉴于一个人总是要死的，人们寄希望于那些比个体生命更悠远的事物。但一棵树也是会死的，即使像我捡来的苹果树那样顽强且有好心情的树，也是会死的。既然树木无望，我们只有寄托于精神的不灭。

　　一个人是活不过一棵树的，然而再古老的树也有尽头。在所有的树的上面，飞翔着我们不灭的精神，而文学是精神之林的一片红叶。

　　旅游的时候认识了一对夫妻，职业是制作防割手套。我问，这手套坚硬到何种程度呢？他们笑而不答，说回到北京后你到我们那里参观一下就知道了。

　　第一眼晤见防割手套，平凡到令人垂头丧气。和普通车工钳工戴的白线手套没有任何区别，如果一定要找到不同，就是价钱要贵出很多。也许看出了我的不屑，男主人抽出一把寒光四射的匕首握在手中说，你戴上手套，然后，来夺我的刀。细端详，那刀尺把长，尖端像西班牙人的鞋子弯弯翘起，开了刃，血槽深深。我胆战心惊道，这刀可以杀死一头恐龙了，不敢。他又说，要么我戴上手套，请你来割我吧。我说，那干脆就滑到了犯罪边缘，本人奉公守法，恕我也不能从命。他无奈，只有亲戴手套，自己来割自己了。

戴上防割手套的左手有些臃肿，右手执刀杀气腾腾。晶光闪烁长刃劈下的那一瞬，我骇得紧闭了眼睛。等到哆哆嗦嗦打开眼帘，以为看到的是皮开肉绽、血花翻飞，不想雪白的左手套上，只有一道淡淡的痕。主人优雅地舒了几下掌，如同少妇的额头被抹上了速效去皱霜，痕迹很快就平复了。

我大觉神奇，不由得一试，戴上手套，用刀锋在指掌上反复切割，先轻后狠。那真是一种奇妙的感受，你能感觉到薄刃的锋芒和杀伐的重量，然而它却如溪水掠过毫发无伤。主人告诉我，看似普通的棉纱里，捻进了500根高弹钢丝。临走的时候，主人送我一副防割手套，笑道，从此你可空手夺刃了。

我感叹防割手套的神奇，不由得想到：倘加上十倍百倍之量，用千万根钢丝织就一件背心，披挂在身便心硬如铁了。再没有什么情感的剑戟能刺穿出血洞，再没有什么理智的矛斧能劈裂成沟壑。享有一颗风雨无摧刀枪不入的心，岂不万般惬意！

有一段时间，我出门书包里常带着防割手套，期望着碰上一个行凶的歹徒，冲出去见义勇为又保全须全尾。然世事虽纷杂运气却太平，梦想竟无法成真。坚固的防割手套渐渐蒙尘，如同骁勇的大将空白了少年头。终有一天，我在乡下干活的时候，想到委它以新任。花圃中月季正香艳，这是最渴望修剪的花卉。此花盛开之后如不从瓣下第三分岔处刈除，就会花渐小、香渐远，魅力大失。只是那些蔷薇籍由的锐刺尽忠职守，如同美女的贴身保镖虎视眈眈。我手笨，每一回都被扎得十指痛痒。

连刀剑都能阻挡，还怕小小的荆棘吗？我戴上防割手套，所向披靡地抓起了月季花茎。顿时，双手像被蜂群包围，数不清的小刺同时扎入肌肤。慌乱摘下手套探看，七八处鲜血淋漓，实为我充任业余园丁以来损失最惨重的一次。

原来，这特制手套能够防止长刀短剑的切割，却并不能阻止细小毛刺的楔入。钢丝铰接的缝隙是小针出入自由的高速路。

那天，我贴着大约10张创可贴完成了剪枝工作。我一边挥舞园艺剪一边想，悲哀啊，看来十万根钢丝也无法保证我们的心境不受损毁。更不消说，人是不能无时无刻都裹在钢丝里面的，那样我们将丧失对人间百态的灵敏触碰和对风花雪月赏心悦目的叹息。

你想葆有你对世界的好奇和快乐吗？你必须除去心的伪装，敞开你的心扉。心必将一生裸露着，狂风为她梳洗，暴雨为她沐浴。心没有蓑衣，也没有斗笠。心会受伤，心也会流血——这就是心的功能啊。

把心藏在钢铁中，且不说钢铁也是有缝隙的，就算心境防割，心也不能再活泼地游弋，那才是心最大的哀伤呢。关于这种悲惨的境况，古语中有一个恰如其分的词，叫"心死"。

一个心理健康的人，心可以流血，自己就能撕下衣襟止血；心可以撕裂，自己能够飞针走线地缝合。他可以有累累的创伤，更会有创伤愈合之后如勋章般的痕迹。

○ 任何成瘾都是
灾难

有个年轻人，名叫安澜，他说自己干什么都会成瘾。

我要详细了解情况，就说，请打个比方。

他说，我上学的时候就对网络成瘾。那时候，我每天起码有5小时要趴在网上，网友遍布全世界。

我插嘴道，全世界？真够广泛的。

安澜说，是啊。人们都说上网对学习有影响，可那时我的英文水平突飞猛进。因为要和国外的网友聊天，你要是英文不利索，人家就不理你了。

我说，一天5小时，你还是学生，要保证正常的上课，哪里来的那么多时间啊？

安澜说，很简单，压缩睡眠。我每天只睡5小时。我有单独的房间，电脑就在床边。我每天做完作业后先睡下。4小时之后，准时就醒了，一骨碌爬起来就上网，神不知鬼不觉的，到了天快亮的时候，再睡1小时回笼觉。爸爸妈妈叫我起床的时候，我正睡得香甜。很长时间，家里人看我白天萎靡不振的，都以为是上学累的，殊不知我的睡眠是个包子，外面包的皮是睡觉，里面裹的馅就是上网。

我说，青少年正是长身体的时候，你这样睡眠不足，是要出大问题的。

安澜说，还真让你说对了。后来，我就得了肾炎。因为不能久坐，我只好缩减了上网的时间。我休了学，急性期过了以后，医生建议我开始舒缓的室外活动，慢慢地增强体力。我就到郊外或是公园散步。一个人在外面闲逛，就是风景再美丽、空气再新鲜，也有腻的时候。我爸说，要不给你买个照相机吧，一边走一边拍照，就不觉得烦了。家里先是给我买了个数码的傻瓜相机。果然，照相让人觉得时间过得很快，一只狗正在撒尿，一只猫正在龇牙咧嘴地向另外一只猫挑衅，都成了我的摄影素材。白天照了相，晚上就在电脑上回放，自己又开心一回。很快，这种简陋的卡片机就不能满足我的欲望了。我开始让家里人给我买好的机子，买各式各样的镜头……把自己认为好的照片放大。城周围的景物照烦了，就到更远的地方去——我又迷上了旅游。后来我爸说，我这是豪华型患病，花在照相和旅游上的钱，比吃药贵多了。不管怎么样，我的病渐渐地好了。因为错过了高考，我就上了一所职业学校，学市场营销。毕业以后，我进了一家玩具公司。玩具这个东西，利润是很大的，只要你营销搞得好，拿比例提成，收入很可观。这时候，因为时间有限，到远处旅游和照相，变得难以实现，我就迷上了请客吃饭……

我虽然知道咨询师在这时应该保持足够的耐心倾听，还是不由自主地小声重复——迷上了请客吃饭？

说句实话，我见过各种上瘾的症状，要说请客吃饭上瘾，还真是第一次碰上。

安澜说，是啊。我喜欢请客时那种向别人发出邀请，别人受宠若惊的感觉。喜欢挑选餐馆，拿着点菜单一页页翻过时的那种运筹帷幄的感觉，好像点将台上的将军。尤其是喜欢最后结账时一掷千金舍我其谁的豪爽感。

我思忖着说，你为这些感觉付出的代价一定很高昂。

安澜垂头丧气地说，谁说不是呢？去年年底，我拿到了7万块钱的奖励提成，结果还没过完春节，就都花完了。我可给北京的餐饮业做出了杰出的贡献。最近，我们又要发季度提成了，我真怕这笔钱到了我的手里，很快就烟消灰灭。而且，酒肉朋友们散去之后，我摸着空空的钱包，觉得非常孤单。可是下一次，我又会重蹈覆辙，不能自拔。我爸和我妈提议让我来看心理医生，说我这个人爱上什么都没节制，很可怕。将来要是谈上女朋友也这样上瘾，今天一个明天一个，就变成流氓了。我自己也挺苦恼的，一个人，要是总这样管不住自己，也干不成大事啊。您能告诉我一个好方法吗？

我说，安澜，我知道你现在很焦虑，好方法咱们来一起找找看。你能告诉我像上网啊、摄影啊、旅游啊、请客吃饭啊这些活动带给你最初的感觉是什么吗？

安澜说，当然是快乐啦！

我说，让咱们假设一下，如果在那个时候，来了位医生抽一点你的血，化验一下你的血液成分，你觉得结果会怎么样？

安澜困惑地吐了一下舌头，说，估计很疼吧？结果是怎样的，就不知道了。

我说，抽血有一点疼，不过很快就会过去。我以前当过很久的医生，对化验这方面有一点心得。当人们在快乐的时候，内分泌系统会有一种物质产生，叫内啡肽。

安澜很感兴趣说，您告诉我是哪几个字。

我在一张纸上写下了"内啡肽"几个字。

安澜仔细端详着，说，这个"啡"字，就是咖啡的"啡"吗？

我说，正是。咖啡也有一定的兴奋作用。

安澜说，您的意思是说，每当我进入那些让我上瘾的活动的时候，我身体里都会分泌出内啡肽？

我说，安澜，你很聪明，的确是这样的。内啡肽让我们有一种不知疲劳、忘却忧愁、精神焕发的感觉。这在短期内当然是很令人振奋的，但长久下去，身体就会吃不消。这就是很多上了网瘾的人，最后变成茶饭不思、精神萎靡不振、体重大减、面黄肌瘦的原因啊。而且，因为人上瘾时，对其他的事情不管不顾，考虑问题很不理性，就会出现严重的后果。这也就是你在请人吃完饭之后精神十分空虚的症结。有的人工作成瘾，就成了工作狂。有的人盗窃成瘾，就成了罪犯。有的人飞车成瘾，就成了飙车一族。有的人权力成瘾，就成了独裁者……

安澜说，这样看来，内啡肽是个很坏的东西了。

我说，也不能这样一概而论。人体分泌出来的东西，都是有用的。比如当你跑马拉松的时候，只要冲过了身体那个拐点，因为体内开始有内啡肽的分泌，你就不觉得辛苦，反倒会有一种越跑越有劲的感觉。比如有的科学家埋头科学实验，为了整个人类的发展做出了卓越贡献，在那种非常艰难困苦的条件下能够坚持下来，他的内啡肽也功不可没啊！

安澜说，听您这样一讲，我反倒有点糊涂了。

我说，任何事情都要有节制。比如，温暖的火苗在严冬是个好东西，可要是把你放到火上烤，结果就很不妙。如果你不想变成烤羊肉串，就得赶快躲开。再有，在干燥的沙漠里，泉水是个好东西，但要是发了洪水，让人面临灭顶之灾，那就成了祸害。对于身体的内分泌激素，我们也要学会驾驭。这说起很难，其实，我们一直在经受这种训练。比如你肚子饿了，经过一个烧饼摊，虽然烤得焦黄的烧饼让你垂涎欲滴，但是如果你没买下烧饼，你就不能抢上一个烧饼下肚。如果你看到一个美丽的姑娘，虽然你的性激素开始分泌，你也不能上去就拥抱人家。所以，学会控制自己的内啡肽，也是成长的必修课之一啊。

听到这里，安澜若有所思地拿起那张纸，看了又看，说，这个内啡肽的"啡"字和吗啡的"啡"字，也是同一个字。

我说，安澜，你看得很仔细，说得也很正确。成瘾这件事，最可怕的是毒品成瘾。吗啡和内啡肽有着某种相似的结构，当有些人靠着毒品达到快乐巅峰的时候，他们就步入了一个深渊。这就更要提高警惕了。当然了，网瘾和毒品成瘾还是有一定的区别的。不过，一个人要身体健康和心理健康，对所有那些令我们成瘾的事物都要提高控制力，要有节制。

那天告辞的时候，安澜说，我记住了，任何成瘾都是灾难。

○ 素面
朝天

Wan
An

　　"素面朝天"。我在白纸上郑重写下这个题目。夫走过来说，你是要将一碗白皮面，对着天空吗？

　　我说有一位虢国夫人，就是杨贵妃的姐姐，她自恃美丽，见了唐明皇也不化妆，所以叫……夫笑了，说，我知道。可是你并不美丽。

　　是的，我不美丽。但素面朝天并不是美丽女人的专利，而是所有女人都可以选择的一种生存方式。

　　看看我们周围。每一棵树、每一叶草、每一朵花，都不化妆，面对骄阳、面对暴雨、面对风雪，它们都本色而自然。它们会衰老和凋零，但衰老和凋零也是一种真实。作为万物灵长的人类，为何要将自己隐藏在脂粉和油彩的后面？

见一位化过妆的女友洗面，红的水黑的水蜿蜒而下，仿佛洪水冲刷过水土流失的山峦。那个真实的她，像在蛋壳里窒息得过久的鸡雏，渐渐苏醒过来。我觉得这个眉目清晰的女人，才是我真正的朋友。片刻前被颜色包裹的那个形象，是一个虚伪的陌生人。

脸，是我们与生俱来的证件。我的父母凭着它辨认出一脉血缘的延续；我的丈夫，凭着它在茫茫人海中将我找寻；我的儿子，凭着它第一次铭记住了自己的母亲……每张脸，都是一本生命的图谱。连脸都不愿公开的人，便像揣着一份涂改过的证件，有了太多的秘密。所有的秘密都是有重量的。背着化过妆的脸走路的女人，便多了劳累，多了忧虑。

化妆可以使人年轻，无数广告喋喋不休地告诫我们。我认识的一位女郎，盛妆出行，艳丽得如同一组霓虹灯。一次半夜里我为她传一个电话，门开的一瞬间，我惊愕不止。惨亮的灯光下，她枯黄憔悴如同一册古老的线装书。"我不能不化妆。"她后来告诉我，"化妆如同吸烟，是有瘾的，我已经没有勇气面对不化妆的我。化妆最先是为了欺人，之后就成了自欺。我真羡慕你啊！"从此我对她充满同情。我们都会衰老。我镇定地注视着我的年纪，犹如眺望远方一只渐渐逼近的白帆。为什么要掩饰这个现实呢？掩饰不单是徒劳，首先是一种软弱。自信并不与年龄成反比，就像自信并不与美丽成正比，勇气不是储存在脸庞里，而是掌握在自己手中。化妆品不过是一些高分子的化合物、一些水果的汁液和一些动物的油脂，它们同人类的自信与果敢实在是不相干的东西。犹如大厦需要钢筋铁骨来支撑，而决非几根华而不实的竹竿。

常常觉得化了妆的女人犯了买椟还珠的错误。请看我的眼睛！浓墨勾勒的眼线在说。但栅栏似的假睫毛圈住的眼波，却暗淡犹疑。请注意我的口唇！樱桃红的唇膏在呼吁。但轮廓鲜明的唇内吐出的话语，却肤浅苍白……化妆以醒目的色彩强调乃至强迫人们注意的部位，却往往是最软弱的所在。磨砺内心比油饰外表要难得多，犹如水晶与玻璃的区别。

不拥有美丽的女人，并非也不拥有自信。美丽是一种天赋，自信却像树苗一样，可以播种，可以培植，可以蔚然成林，可以直到地老天荒。

我相信不化妆的微笑更纯洁而美好，我相信不化妆的目光更坦率而真诚，我相信不化妆的女人更有勇气直面人生。

倘若不是为了工作，倘若不是出于礼仪，我这一生，将永不化妆。

○ 变化的
哀伤

Wan
An

　　变化无穷。从蛹到蝶，从蚕到蛾，从矿石到金属，从少年到成人。从一个地方到另一个地方，从一个行业到另一个行业。从目不识丁到学富五车，从一个人到两个人到三个人以至更多，从卑微到高尚到倾国倾城、青史留名。从乡村到城市，从神州到世界……

　　变化是一个过程，其间充满危险。小时逮过知了的幼虫，就是民间俗称的"马猴"，黑褐板结的外壳，锋利的脚爪，佝偻着，苍老丑陋。傍晚，我把它扣在盆子里，清晨打开，看到一只晶莹剔透的蝉，绉纱般的羽翼正由鹅绿飘向清咖啡色，一旁抛着它僵硬的袈裟。我很想看到蝉从壳中钻出的一刹那，第二日，克制着困倦，以一个少年最大的忍耐，在半夜三点的时候，猛地打开了陶盆。蝉正艰难地蜕变着，挣扎着，脊背开裂，折叠的翅膀如同尚未发好的豆芽，湿淋淋蜷曲着。我动了恻隐之心，用手指撕开蝉的外壳，帮助它快些娩出……之后我心满意足地去睡觉了。早上当我以为能看到一名不知疲倦的流行歌手时，迎接我的是枯萎的尸体。

变化是一个过程。哪怕它曾是我们久久的渴望，都携带着深深的哀伤。因为我们旧有的熟悉的一部分，在变化中无可挽回地丢失了，遗下点点血迹，如同我们亲手截断了自己的一臂。我们只有用留下的那只温热的手，执着渐渐冷却的手，为它送行。一个稚嫩的我们不熟悉的新肩膀，正艰难地植入我们的躯体。伤口在出血，磨合很苦涩，但生机勃勃的变化就在这寂静和摩擦中不可扼制地绽放了。

我们在变化中成长。如果你拒绝了变化，你就拒绝了新的美丽和新的机遇。变化使我们成熟。但它首先使我们痛苦。人生中最重要的变化，一定伴随着大的焦灼和忧虑，甚至可以说，如果没有蚀骨销魂的痛，变化就不够清醒和完整。

痛苦是变化装扮的鬼脸——一个无所不在的先锋。

○ 写下你的

墓志铭

　　那一年，我和朋友应邀到某大学演讲，关于题目，校方让我们自选，只要和青年的心理有关即可。朋友说，她想和学生们谈谈性与爱。这当然是一个极为重要的问题，只是公然把"性"这个词放进演讲的大红横幅中，不知校方可会应允？变通之法是将题目定为"和大学生谈情与爱"，如求诙谐幽默，也可索性就叫"和大学生谈情说爱"。思索之后，觉得科学的"性"，应属光明正大范畴，正如我们的老祖宗说过的"食色性也"，是人的正常需求和青年必然遭遇之事，不必遮遮掩掩。把它压抑起来，逼到晦暗和污秽之中，反倒滋生蛆虫。于是，朋友就把演讲题目定为"和大学生谈性与爱"。这期间我们也有过小小的讨论，是

"性"字在前，还是"爱"字在前？商量的结果是"性"字在前。不是哗众取宠，觉得这样更符合人的进化本质。

感谢学校给予我们的信任和支持，朋友的演讲题目顺利通过了。但紧接着就是我的题目怎样与之匹配。我打趣说，既然你谈了性与爱，我就成龙配套，谈谈生与死吧。半开玩笑，不想大家听了都说"OK"，就这样定了下来。

我就有些傻了眼。不知道当今的年轻人对"死亡"这个遥远的话题是否感兴趣？通常人们想到青年，都是和鲜花、绿草、黑发、红颜联系在一起，与衰败、颓弱、委顿、凄凉的老死似乎毫不相干。把这两极牵扯一处，除了冒险之外，我也对自己的能力深表怀疑。

死是一个哲学命题，有人戏说整个哲学体系，就是建立在死亡的白骨之上。我深知自己不是一个哲学家，思索死亡，主要和个人惧怕死亡有关。在我四五岁时，一次突然看到路上有人抬着棺材在走。我问大人，这个盒子里装着什么？人家答道，装了一个死人。当时我无法理解死亡，只觉得棺材很小，一个人躺在里面，蜷起身子像个蚕蛹，肯定憋得受不了……于是小小的我，产生了对死亡的惊奇和混乱。这种惊奇混乱使我在相当一段时间内对死亡很感兴趣。我个人有着数十年从医经历，在和平年代，医生是一个和死亡有着最亲密接触的职业。无数次陪伴他人经历死亡，我不能不对这种重大变故无动于衷。还有很重要的一点，就是我十几岁就到了西藏，那里严酷的自然环境和孤寂的旷野冰川，让我像个原始人似的，思索着人从哪里来、要到哪里去这类看似渺茫的问题。

反正由于我脱口而出的一句话，演讲题目就这样定了下来，无法反悔。我只有开始准备资料。

正式演讲的时候，我心中忐忑不安。会场设在大礼堂，两千多座位满满当当，过道和讲台上都有学生席地而坐。题目沉重，我特别设计了一些互动的游戏，让大家都参与其中。

演讲一开始，我做了一个民意测验。我说大家对"死亡"这个题目是不是有兴趣，我心里没底。我不知道有多少人在看到这个题目之前，思索过死亡？

此语一出，全场寂静。然后，一只只臂膀举了起来，那一瞬，我诧异和讶然。我站在台上，可以综观全局，我看到几乎一半以上的青年人举起了手。我明白了有很多人曾经认真地想过这个问题，比我以前估计的比率要高很多。后来，我还让大家做了一个活动——书写自己的墓志铭。有几分钟的时间，整个会堂安静极了，谁要是那一刻从外面走过，会以为这是一间空室，其实数千莘莘学子正殚精竭虑思考人生。从讲台俯瞰下去（我其实很不喜欢这种高高在上的讲台，给人以压迫之感。我喜欢平等的交谈。不单在态度上，而且在地理位置上，大家也可平视。但校方说没有更合适的场地了），很多人咬着笔杆，满脸沧桑的样子。我很抱歉地想到，这个不祥的题目，让风华正茂的青年人提前——老了。

大约五分钟之后，台下的脸庞如同葵花般地仰了起来。我说："写完了吗？"

齐声回答："写完了。"

我说："好，不知有没有哪位同学，愿意走上台来，面对着老师和同学，念出自己的墓志铭？"

出现了一片海浪中的红树林。我点了几位同学，请他们依次上来。但更多的臂膀还在不屈地高举着，我只好说："这样吧，愿意上台的同学就自动地在一旁排好队。前边的同学念完之后，你就上来念。先自我介绍一下，是哪个系哪个年级的，然后朗诵墓志铭。"

那一天，大约有几十名同学念出了他们的墓志铭，后来，因为想上台的同学太多，校方不得不出动老师进行拦阻。

这次讲演，对我的教育很大。人们常常以为，死亡是老年人才需要考虑的问题，这是误区。人生就是一个向着死亡的存在，在我们赞美生命的美丽、青春的活力的时候，我们其实就是肯定了死亡的必然和老迈的合理性。试想一下，如果没有死亡，地球上早就被恐龙霸占着，连猴子都不知在哪里哭泣，更遑论人类的繁衍！

从我们每个人一出生，生命之钟的倒计时就开始了。当我写下这些字迹的时候，我就比刚才写下题目的时刻，距离自己的死亡更近了一点。面对着我们生命有一个大限存在这样一个残酷的事实，无论是年老或年轻，都要直面它的苛求。

现代生活节奏越来越快，我们独处的空间越来越逼仄，思索的时间越来越压缩。但死亡并不因为我们的忙碌而懈怠，它步履坚定地持之以恒地向我们走来。现代医学把死亡用白色的帏帐包裹起来，让我们不得而知它的细节，但死亡顽强前进，它是无所不能的，没有任何力量能够抗拒它。

一个人年轻的时候就思索死亡，和他老了才思索死亡，甚至直到死到临头都不曾思索过死亡，这是完全不同的境界。知道有一个结尾在等待着我们，对生命的宝贵，对光明的求索，对人间温情的珍爱，对丑恶的扬弃和鞭挞，对虚伪的憎恶和鄙夷，都要坚定很多。

那天在礼堂的讲台上，有一段时间，我这个主讲人几乎完全被遗忘了，一个又一个年轻的生命为自己设计的墓志铭，将所有的心震撼。

有一个很腼腆的男孩子说，在他的墓志铭上将刻下——这里长眠着一位中国籍的诺贝尔奖获得者。

台下响起了热烈的掌声。我想，不管他这一生是否能够真正得到这个奖，但他的决心和期望，已经足够赢得这些掌声。

一个清秀的女孩子说，她的墓志铭上将只有一行字：一位幸福的女人。

还有一个男生说："我的墓志铭上会写着——我笑过，我爱过，我活过……"

这些年轻的生命，因为思索死亡而带给了自己和更多人力量。

无数生命的演变，才有了我们的个体。在这一点上，我们不单要感谢我们的父母，而且要感谢我们的祖先，感谢地球，感谢进化所走过的漫漫历程。当我们有了生命之后，我们在性的基础之上，繁衍出了爱。爱情是独属于人类的精神瑰宝，它已从单纯的生殖目的，变成了两性身心融会的最高境地。然而在这一切之上，横亘着死亡。死亡击打着生命，催促着生命，使我们必须审视生命的意义。

后来，我还在一些场合做过相关的演说。我在这里抄录一些年轻人留下的墓志铭，他们让我进一步认识到了讨论死亡对于一个健康心理的建设是多么重要。

"这里安息着一个女子，她了结了她人生的愿望，去了另外的世界，但在这里永生。她的一生是幸福的一生，快乐的一生，也是贡献的一生，无憾的一生。虽然她长眠在这里，但她永远活着，看着活着的人们的眼睛。"

"高尚是高尚者的通行证。"

"我不是一颗流星。"

"生是死的开端，死是生的延续。如果我五十岁后死去，我会忠孝两全。为祖国尽忠，为父母尽孝。如果我五年后死去，我将会为理想而奋斗。如果我五个月后死去，我将以最无私的爱善待我的亲人和朋友。如果我五天后死去，我将回顾我酸甜苦辣的人生。如果我五秒钟后死去，我将向周围所有的人祝福。"

怎么样？很棒，是不是？

按照哲学家们的看法，死亡的发现是个体意识走向成熟的必然阶段。一个人的心理健康，更是和他的生命观念、死亡观念息息相关。你不能设想一个对自己没有长远规划的人，会有坚定、健全、慈爱的心理。如果说在以上有关死亡的讨论中，我对此还有什么遗憾的话，就是年轻人普遍把自己的生命时间定得比较短。常有人说，我可不喜欢自己活太大的年纪，到了四五十岁就差不多了。包括现在有些很有成就的业界精英，撰文说自己三十五岁就退休，然后玩乐。因为太疲累，说说气话，是可以理解的。但认真地策划自己的一生，还是要把生命的时间定得更长远一些，活得更从容，面对死亡的限制，把自己的一生渲染得瑰丽多彩。

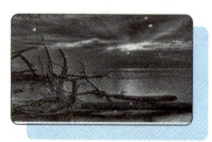

○ 每只小狗都有
一个目标

　　有一对夫妇有两个孩子，一个叫莎拉，一个叫克里斯蒂。当孩子还小的时候，父母决定为他们养一只小狗。小狗抱回来以后，他们想请一位朋友帮忙训练这只小狗。他们搂着小狗来到朋友家，安然坐下。在第一次训练前，女驯狗师问："小狗的目标是什么？"夫妻俩面面相觑，很是意外，他们实在想不出狗还有什么另外的目标，嘟囔着说："一只小狗的目标？那当然就是当一只狗了。"女驯狗师极为严肃地摇了摇头说："每只小狗都得有一个目标。"

　　夫妇俩商量之后，为小狗确立了一个目标——白天和孩子们一道玩，夜里要能看家。后来，小狗被成功地训练成了孩子的好朋友和家中财产的守护神。

这对夫妇就是美国的前任副总统阿尔·戈尔和他的妻子迪帕。他们牢牢地记住了这句话——做一只狗要有目标。推而广之，做一个人也要有目标。

在现实生活中，却有太多太多的人没有目标。其实寻找目标并不是一件太难的事，关键是你要知道天下有这样一件唯此唯大的事，然后尽早来做。正是你自己需要一个目标，而不是你的父母或是你的老师或是你的上级需要它。它的存在，和别人的关系都没有和你的关系那样密切。也就是说，它将是你最亲爱的伙伴，其血肉相连的程度，绝对超过了你和你的父母，你和你的妻子儿女，你和你的同伴、领导的关系。你可能丧失了所有的财产和所有的亲人，但只要你的目标还在，你就还有一个完整的系统存在，你就并不孤独和无望。

我们常常把别人的期待当成了自己的目标，在孩童的时候，这几乎是顺理成章的事情。但是，你会渐渐地长大，无论别人的期望是怎样的美好，它也不属于你。除非有一天，你成功地在自己的心底移植了这个期望，这个期望生根发芽，长成了你的目标。那时，尽管所有的枝叶都和原本的母本一脉相承，但其实它已面目全非，它的灵魂完完全全只属于你，它被你的血脉所濡养。

我们常常把世俗的流转当成自己的目标。这一阵子崇尚钱，你就把挣钱当成了自己的目标。殊不知钱只是手段而非目标，有了钱之后，事情远远没有结束。把钱当成目标，就是把叶子当成了根。目标是终极的代名词，它悬挂在人生的瀚海之中，你向它航行，却永远不会抵达。你的快乐就在这跋涉的过程中流淌，而并非把目标攫为己有。从这个意义上说，钱不具备终极目标的资格。过一阵子流行美丽，你就把制造美丽、保存美丽当成了目标。殊不知美丽的标准有所不同，美丽是可以变化的，目标却是相当恒定的。美丽之后你还要做什么？美丽会褪色，目标却永远鲜艳。

有人把快乐和幸福当成了终极目标，这也值得推敲。快乐并不只是单纯的快感，类乎饮食和繁殖的本能。科学家们通过研究，发现最长远最持久的快乐，来自于你的自我价值的体现。而毫无疑问，自我价值是从属于你的目标感，一个连目标都没有的人，何谈价值呢！

一棵树的目标也许是雕成大厦的栋梁，也许是撑一把绿伞送人阴凉，也许是化为无数张白纸传递知识，也许是制成一次性筷子让人大快朵颐……还有数不清的可能性，我们不是树，我们不可能穷尽也不可能明白树的心思。我们是人，我们可以为自己确立一个目标，这是做人的本分之一。

○ 像烟灰一样

Wan
An

松散

　　常常觉得射击这个运动挺有意思。在现实生活中极具杀伤力的举动，在运动场上却是很平和的。你可以根本不知道你的对手是谁，也不知道他打了多少环。你只是和你自己作斗争，你要最大范畴地调动你自己的能力，打出你的好成绩。当然，最终的比分要在对比中产生，但你最主要的对手始终是你自己。

　　有时候想，如果六十发子弹，打出了六百环的世界纪录，那么，这项赛事还要不要继续比试下去？答案可能是——还要。因为除了准确以外，还有快速。

　　记得我刚当兵不久，进行射击，九发子弹打了八十一环，勉勉强强算个优秀。我第一发子弹就打偏了，是个七环。打完后看到靶纸，那个七环的位置，正好是在人像头部太阳穴附近。我说，哎呀，我这枪法尚可嘛，这一枪打过去，便可以致敌死命，为什么只给七环？连长说，你瞄的是哪里？我说，是胸膛。连长说，你瞄的是胸，却打到了脑门上，给你个七环就不错了。

近年结识了一位警察朋友，好枪法，不单单在射击场上百发百中，更在解救人质的现场，次次百步穿杨。当然了，这个"杨"不是杨树的杨，而是匪徒的代称。我问他从哪里来的这份神功，他答非所问说，我从来不参加我学生的葬礼。我以为他是怕伤感，便自以为是地说，参加自己学生的葬礼，就有白发人送黑发人的凄楚吧？他听了我的猜测，很不屑地说，不是那个意思。你既然当了我的学生，就不应当死在歹徒的枪下。所以，我不参加学生的葬礼，原因有二，一是他们之中至今还一个都不曾死；二是如果他们死了，就不是一个好射手，我不认他做学生。

我笑着说，以我的枪法，肯定在第一枪的时候就被杨树打死了。于是我向他请教射击的要领。他说，很简单，就是极端的平静。我说这个要领所有打枪的人都知道，可是做不到。他说，记住，你要像烟灰一样松散。只有放松，全部潜在的能量才会释放出来，协同你达到完美。

他的话我似懂非懂，但从此我开始注意以前忽略了的烟灰。烟灰，尤其是那些优质香烟燃烧后的烟灰，非常松散，几乎没有重量和形状，真一个大象无形。它们懒洋洋地趴在那里，好像在冬眠。其实，在烟灰的内部，栖息着高度警觉和机敏的鸟群，任何一阵微风掠过，哪怕只是极清淡的叹息，它们都会不失时机地腾空而起驭风而行。它们的力量来自放松，来自一种飘扬的本能。这些本身没有结构、没有动力，可以说是微不足道的粉末，在某一个瞬间却驾驭能量，飞向远方。

松散的反面是紧张。几乎每个人都有过由于紧张而惨败的经历。比如，考试的时候，全身肌肉僵直，心跳得好像无数个小炸弹在身体的深浅部位依次爆破。手指发抖头冒虚汗，原本记得滚瓜烂熟的知识，改头换面藏起来，原本泾渭分明的答案变得似是而非，泥鳅一样滑走……面试的时候，要么扭扭捏捏不够大方，无法表现自己的真实实力，要么口若悬河躁动不安，拿捏不准问题的实质，只得用不停的述说掩饰自己的紧张，适得其反……嗨，恕我就不一一列举悲惨的例子了，相信每个人都储存了一大堆这类不堪回首的往事。

原因清楚了，就是因为紧张。前段日子看歌手大奖赛的素质考核，有的问题真是很简单，我相信歌手如果不紧张，是一定可以回答出来的，可排解不掉的紧张毁了他。频频听到那位笑容可掬的考官说：你是太紧张了，如果你放松一点，就好了，就可以回答出来了。

谁都知道放松，可又有几个人能够收放自如？于是种种让人放松的方法层出不穷，但越来越多的人依然生活在紧张之中。社会是紧张的，节奏是紧张的，生活是紧张的，对话是紧张的，步伐是紧张的……现代的人们在紧张中已然迷失得太久，忘记了放松是一份怎样的惬意。

放松其实不仅仅是惬意，更是一种智慧高度发达的表现。伟大的弗洛伊德最重要的发现，是找到了我们灵魂的地下室，那就是强大的潜意识。你不仅是在清醒的理智的状态下意识到的那个"你"，你更是祖先无数经验的整合，你的肌肉你的神经，你的牙齿你的骨骼，你的感官你的血脉，都有源远流长的记忆和潜能。它们是谦逊和寂寞的，如果你强大的理性君临一切，它们就卑微地匍匐着，喑哑了自己的声音。只有在高度放松的时刻，注意啊，这种放松可不是放任不管，而是一种运筹帷幄的淡定，是一种对自我高度信任的沉静，大智若愚无为而治，你的潜能就秣马厉兵地活跃起来。它们默契地配合着，如同最精准的仪器，迅速地整合模糊混乱的信息，去粗取精去伪存真，风驰电掣地得出一个最佳的组合，然后不由分说地付诸实施。

于是我明白了，我的警察朋友在瞄准杨树的时候，就是处在这样的幽远而辽阔的松弛之中——烟灰一样松散。不久，我给他找了个有异曲同工之妙的伙伴。

德国最近发生了一桩血案。一个十九岁的小伙子，二〇〇一年没能通过毕业考试而留级一年。二〇〇二年二月，因为伪造医生的假条以逃避期末考试，被校方发现，把他开除了。他满腔怒火，一心要报复学校。二〇〇二年四月二十六日上午，他戴着恐怖的面具，一手握着一支手枪，一手拎着连发猎枪，闯进学校，见人就打，主要是瞄准老师——他觉得是他们让他蒙受了羞辱。在二十分钟的疯狂射击中，他的手枪共打出了四十发子弹，将十七人打死，其中有十三名老师。他还有大量的子弹，足够把数百人送进坟墓。这时候，他的历史老师海泽先生走过来，抓住他的衬衣，试图同他说话。这个血洗了母校的学生认出了他的老师，他摘掉了自己的面具。海泽先生叫着他的名字说，罗伯特，扣动你的扳机吧。如果你现在向我射击，那就看着我的眼睛！那个杀人杀红了眼的学生，盯着海泽先生看了一会儿，缓缓地放下了手枪，说，先生，我今天已经足够了。

后来海泽先生把凶手推进一间教室，猛地关上门，上了锁。此后不久，凶手在教室里饮弹自杀。

这是另一个有关射击的故事，凶险而血腥。我惊讶那位海泽先生的勇敢，更惊讶他在这种千钧一发之际说的话。

请看着我的眼睛扣动扳机。海泽先生对自己的目光，一定有着充分的自信。在手无寸铁的情况下，他使用了自己的目光。如果是我，可能会躲起来，即使是站出来阻止，也会挥舞着门板或是桌椅之类的掩体……总之，我可能会有一千种方式，但我想不到会说——请你看着我的眼睛。

我猜这是海泽先生常说的一句话。在课堂上，在校园里，在万分危急的时刻，海泽先生不是说教也不是声色俱厉，只是轻轻地说了一句在课堂上常说的话。就是这句话，唤起了凶手残存的最后一丝良知，停止了暴行。海泽先生像烟灰一样松散的话语，让全校的其他无辜师生免遭涂炭。

在最危急的时刻，能保持极端的放松，不是一种技术，而是一种修养，是一种长期潜移默化修炼提升的结果。我们常说，某人胜就胜在心理上，或者说某人败就败在心理上。这其中的差池不是指在理性上，而是这种心灵张弛的韧性上。

没事的时候，看看烟灰吧。它们曾经是火焰，燃烧过沸腾过，但它们此刻很安静了。它们毫不张扬地聚精会神地等待着下一次的乘风而起，携带着全部的能量，抵达阳光能到达的任何地方。

放松不仅仅是生活的常态，更是物种进化的链条。人们啊，需要常常提醒自己，像烟灰一样放松。放松不是无所事事，不是听天由命，不是随波逐流。放松是一种高度的自信，放松是一种磨炼之后的整合，放松是举重若轻玉树临风。当你放松的时候，你所有的岁月和经验，你所有的勇气和智慧，便都秣马厉兵集合于你内心，情绪就会安然从容，勇气就会源源不断。你不一定能胜利，但你能竭尽全力去参与过程。

○ 行使

拒绝权

　　拒绝是一种权利，就像生存是一种权利。古人说，有所不为才能有所为。这个"不为"，就是拒绝。人们常常以为拒绝是一种迫不得已的防卫，殊不知它更是一种主动的选择。

　　纵观我们的一生，选择拒绝的机会，实在比选择赞成的机会要多得多。因为生命属于我们只有一次，要用唯一的生命成就一种事业，就需在千百条道路中寻觅仅有的花径。我们确定了"一"，就拒绝了九百九十九。拒绝如影随形，是我们一生不可拒绝的密友。

　　我们无时无刻不是生活在拒绝之中，它出现的频率，远较我们想象的频繁。

你穿起红色的衣服，就是拒绝了红色以外所有的衣服。

你今天上午选择了读书，就是拒绝了唱歌跳舞，拒绝了参观旅游，拒绝了与朋友的聊天，拒绝了和对手的谈判……拒绝了支配这段时间的其他种种可能。

你的午餐是馒头和炒菜，你的胃就等于庄严宣布同米饭、饺子、馅饼和各式各样的煲汤绝缘。无论你怎样逼迫它也是枉然，因为它容积有限。

你选择了律师这个职业，毫无疑问就等于拒绝了建筑师的头衔。也许一个世纪以前，同一块土地还可套种，精力过人的智慧者还可多方向出击，游刃有余。随着现代社会的发展，任何一行都需从业者的全力以赴，除非你天分极高，否则兼做的最大可能性，是在两条战线功败垂成。

你认定了一个男人或是一个女人为终身伴侣，就斩钉截铁地拒绝了这世界上数以亿计的男人或女人，也许他们更坚毅更美丽，但拒绝就是取消，拒绝就是否决，拒绝使你一劳永逸，拒绝让你义无反顾，拒绝在给予你自由的同时，取缔了你更多的自由。拒绝是一条单航道，你开启了闸门，江河就奔涌而去，无法回头。

拒绝对我们如此重要，我们在拒绝中成长和奋进。如果你不会拒绝，你就无法成功地跨越生命。拒绝的实质是一种否定性的选择。

拒绝的时候，我们往往显得过于匆忙。

我们在有可能从容拒绝的日子里，胆怯而迟疑地挥霍了光阴。我们推迟拒绝，我们惧怕拒绝。我们把拒绝比作困境中的背水一战，只要有一分可能，就鸵鸟式地缩进沙砾。殊不知当我们选择拒绝的时候，更应该冷静和周全，更应有充分的时间分析利弊与后果。拒绝应该是慎重思虑之后一枚成熟的浆果，而不是强行捋下的酸葡萄。

拒绝的本质是一种丧失，它与温柔热烈的赞同相比，折射出冷峻的付出与掷地有声的清脆，更需要果决的判断和一往无前的勇气。

你拒绝了金钱，就将毕生扼守清贫。

你拒绝了享乐，就将布衣素食天涯苦旅。

你拒绝了父母，就可能成为飘零的小舟，孤悬海外。

你拒绝了师长，就可能被逐出师门，自生自灭。

你拒绝了一个强有力的男人的帮助，他可能反目为仇，在你的征程上布下道道激流险滩。

你拒绝了一个神通广大的女人的青睐，她可能笑里藏刀，在你意想不到的瞬间刺得你遍体鳞伤。

你拒绝上司，也许象征着与一个如花似锦的前程分道扬镳。

你拒绝了机遇，它永不再回头光顾你一眼，留下终身的遗憾任你咀嚼。

……

拒绝不像选择那样令人心情舒畅，它森严的外衣里裹着我们始料不及的风刀霜剑，像一种后劲很大的烈酒，在漫长的夜晚，使我们头痛目眩。

于是我们本能地惧怕拒绝。我们在无数应该说"不"的场合沉默，我们在理应拒绝的时刻延宕不决。我们推迟拒绝的那一刻，梦想拒绝的冰冷体积，会随着时光的流逝逐渐缩小以至消失。

可惜这只是我们善良的愿望，真实的情境往往适得其反。我们之所以拒绝，是因为我们不得不拒绝。

不拒绝，那本该被拒绝的事物，就像菜花状的癌肿，蓬蓬勃勃地生长着，浸润着，侵袭我们的生命，一天比一天更加难以救治。

拒绝是苦，然而那是一时之苦，阵痛之后便是安宁。

不拒绝是忍，心字上面一把刀。忍是有限度的，到了忍无可忍的那一刻，贻误的是时间，收获的是更大的痛苦与麻烦。

拒绝是对一个人胆魄和心智的考验。

因为拒绝，我们将伤害一些人。这就像春风必将吹尽落红一样，有时是一种进行中的必然。如果我们始终不拒绝，我们就不会伤害别人，但是我们伤害了一个跟自己更亲密的人，那就是我们自己。

拒绝的味道，并不可口。当我们鼓起勇气拒绝以后，忧郁的惆怅伴随着我们，一种灵魂被挤压的感觉，久久挥之不去。

因为惧怕这种难以言说的感觉，我们有意无意地减少了拒绝。

在人生所有的决定里，拒绝是属于破坏而难以弥补的粉碎性行为。这一特质决定了我们在作出拒绝的时候，需要格外的镇定与慎重。

然而拒绝一旦作出，就像打破了的牛奶杯，再不会复原。它凝固在我们的脚步里，无论正确与否，都不必原地长久停留。

拒绝是没有过错的，该负责任的是我们在拒绝前作出的判断。

不必害怕拒绝，我们只需更周密的决断。

拒绝是一种删繁就简，拒绝是一种举重若轻。拒绝是一种大智若愚，拒绝是一种水落石出。

当利益像万花筒一般使你眼花缭乱之时，你会在混沌之中模糊了视线。尝试一下拒绝吧。

你依次拒绝那些自己最不喜欢的人和事，自己的真爱就像退潮时的礁岩，嶙峋地凸现出来，等待你的攀援。

当你抱怨时间像被无数餐刀分割的蛋糕，再也找不到属于你自己的那朵奶油花时，尝试一下拒绝。

你把所有可做可不做的事拒绝掉，时间就像湿毛巾里的水，一滴一滴地拧出来了。

当你发现生活中蕴含着太多的苦恼，已经迫近一个人能够忍受的极限，情绪面临崩溃的边缘时，尝试一下拒绝吧。

你也许会发现，你以前不敢拒绝，是为了怕增添烦恼。但是恰恰相反，拒绝像一柄巨大的梳子，快速地理顺了杂乱无章的日子，使天空恢复明朗。

当你被陀螺般旋转的日子搅得耳鸣目眩，忘记了自己是从哪里来、要到哪里去的时候，尝试一下拒绝吧。

你会惊讶地发觉自己从复杂的包装中清醒，唤起久已枯萎的童心，感叹我们每一个人都是自然之子。拒绝犹如断臂，带有旧情不再的痛楚。

拒绝犹如狂飙突进，孕育天马横空的独行。

拒绝有时是一首挽歌，回荡袅袅的哀伤。

拒绝更是破釜沉舟的勇气，一种直面淋漓鲜血惨淡人生的气概。

拒绝也不可太多啊。假如什么都拒绝，就从根本上拒绝了每个人只有一次的辉煌生命。

智慧地勇敢地行使拒绝权。这是我们每个人与生俱来的权利，这是我们意志之舟劈风斩浪的白帆。

紧张

　　一个有趣的游戏。两人一组，其中一人会拿到一些字条，上面写着字，表达的都是人们常有的一些情绪，比如高兴、漠不关心、嫉妒、疲倦已极……

　　拿到字条的人，要按照字条上的指示做出相应的表情和行动，让另外的那个人猜。

　　例如，甲看了看手中的字条上的字迹，沉思片刻后开始表演。先是豹眼圆睁，辅以一个箭步上前，右手揪住假想中的某人脖领，同时挥出弧度优美的左勾拳，击中那人腮帮……

　　乙在目睹了甲的表情和行动以后，也沉思片刻，然后大声说出他解读出的对方情绪——愤怒。

甲颔首道："基本正确。不过，我手中的字条上写的是'狂怒'。"

乙说："嘿！如果是狂，你的这个表达等级味道尚欠浓烈。倘若换我，一般的愤怒就已达到这个档次。真到了狂怒阶段，还要加上怒发冲冠、拳打脚踢、暴跳如雷……"

这个小游戏，说明人和人之间并不是很容易沟通的，人们通常按照自己表达情绪的方式来理解他人。

但人和人之间仍是可以沟通的，需要语言的帮助和长久的磨合。程度差异很大，可以一叶知秋，也可能盲人摸象。

我很喜欢玩这个游戏，可以更深刻地感知他人的内心，察觉人群的异同。正是这种无休止的差异，造成了人的丰富多彩和无数悲欢离合。

某次，我遇到了一位有趣的合作者，他是一位老板。

他拿了字条开始表演，目光炯炯，眉头紧皱，身板僵直，双手攥拳。

我绕着他走了三圈，思考不出他这番表演的内涵，求助道："你能不能示意得再明确些？"

他是个好商量的人，思忖片刻后，加上了一个表情：嘴角紧抿……

我还是百思不得其解，只得求饶道："猜不出，猜不出。我投降，快告诉我底牌吧。"

他把字条递给我，上面写着"焦虑"。

想想也有道理，某些人焦虑的时候就是这副沉闷苦恼的模样。

第二轮测验开始。他看了一眼手中新的字条，开始表演：目光炯炯，眉头紧皱，身板僵直，双手攥拳。

我丧气地说："不行。再具体些。"

他就又加了一个表情：嘴角紧抿……

天啊，我一筹莫展，甚至想，这一堆测验的字条里不会有两张"焦虑"吧？

我说："完了，我弱智了。请你告诉我吧。"

他手心摊开，我看到了谜底："沮丧"。

"沮丧是这个样子的吗？"我不服气地说，"你的表演有问题，沮丧的时候目光通常是低垂的。"

"但是，我沮丧的时候就是如此，聚精会神的。"他很诚恳地说。我只得服输。是啊，你不能否认有些人屡败屡战，永远目光炯炯。

再一次轮到他表演的时候，我格外当心。看到他拿了字条，踌躇了一下，然后胸有成竹地开始演示。

目光炯炯，眉头紧皱，身板僵直，双手攥拳。

看到我的茫然愁苦的模样，他善解人意地加上了一个补充动作：紧抿嘴角……

我极快地调侃道："干脆杀了我。我无法破译你的密码。"

这次轮到他吃惊了，说："我有那么神秘吗？其实，这一次，我表达的是一种很平和的情绪——'安静'！"

我几乎昏了过去，说："您的大驾尊容居然能称得上是安静？我想，当你自以为安静的时候，周边的人绝不敢打扰你。"

说者无心，听者有意。他静默了片刻，一拍大腿说："哦，你这样一讲我就明白了，为什么我以为自己温和的时候，大家依然说我严厉。"

那一次令人难忘的游戏结尾有些苦涩的味道。因为我的这位朋友，无论他拿到写着怎样字迹的字条，他的表情都像一个模子里刻出来的。目光炯炯……嘴角紧抿……甚至当"爱情"出现的时候，他也如此刻板和冷峻。

我问他："你成家了吗？"

他说："成了。但是又散了。"

我说："还打算成吗？"

他说："暂时没有打算。"

我说："没有了好。"

他说："你为什么这样说？"

我说："我的意思是，你若不把表情修改一下，即使有了女朋友，她也会莫名其妙地走开。"

我后来同这位老板详细地探讨了他的表情。他说："我一个当老板的，哪能事事都流露在脸上，让人看个透明？我这是深沉。"

我说："表情的僵化和不动声色并不能画等号。对家人和对谈判对手，哪能一样？周恩来可算是大家，他的表情就丰富得很，并非整天板着阶级斗争的脸。咱们常常羡慕外国的老板当得潇洒，其中重要的一点就是他们真实，当怒则怒，当喜则喜。况且，老板也是人，也有七情六欲。事业做得好，人也要活得自然、自在。"

后来，我和这位老板进行了比较深入的谈话，才明白他那千篇一律的面具之后，准确地说，既不是焦虑，也不是沮丧，当然更不是安静，而是紧张。

紧张，是现代人逃脱不掉的伴侣。

紧张的时候，我们的心跳加快、瞳孔变大、呼吸急促、血流加速……我们的思索急迫而锋利，我们的行动敏捷而有力。

"紧张"这个词，很多年以前被写进一所著名大学的校训。我想，那时它一定是有的放矢，有着历史的必然性和辉煌的功绩。

时代在发展，如今，当我们不再从战火和铁血的角度看待紧张，紧张就有了更多值得探讨的意义。

短时间的紧张很好，会使我们焕发出非凡的爆发力。不过，世界上的事情，一蹴而就的肯定有，但终是有限，大量的成功孕育在日积月累的跋涉。紧张是一百米短跑，成长则是马拉松比赛。长久的紧张如同长久的鞭策一样，是不能维持的，它会导致反应的迟钝。紧张可以应对一时，却无法永恒。

紧张是一种无休止的激动，是一种没有间歇的高亢，是一种针插不进水泼不进的致密，是一种应急和应激的全力以赴。

你见过没有起落的江河吗？你听过没有顿挫的乐曲吗？你爬过没有沟崖的山峦吗？你走过没有悲喜的人生吗？

紧张是面具，紧张的下面潜伏着怎样的暗流？换句话说，什么导致我们长久的紧张？

紧张的人，思维是直线而不是发散的，因为他的注意力太集中了，心无旁骛。当我们的视野中只有一个目标的时候，它是收束和狭窄的（不是指远大的唯一的目标，是指运筹帷幄的策略）。我们的显意识之下是深广的潜意识。当紧张的时候，理智和经验就占据了上风，而人类在长久的进化中所积累的本体感觉被抑制和忽略。所以，紧张的人很容易累。因为他是在用5%的能力负载着100%甚至更高的压力，怎么能不累呢？

紧张的人其实是不安全的。他处于风声鹤唳之中，对自己的位置和处境有深深的忧虑。他大张着自己所有的感官——眼睛瞪着，耳朵张着，手脚绷紧，呼吸也是浅而快的，他的全身就像一架打开的雷达，侦察着周围的一草一木。

他因袭着以往的重担，关注着周围的一举一动，无法平和地看待他人和看待自己。紧张的人睡眠通常不良，因为在睡梦中，他也不由自主地睁着半只眼睛。

打个比喻，什么动物最易于紧张呢？通常一下子就会想起老鼠、兔子、麻雀之类的，大都是弱小的、谨慎的、没有强大的防御能力的生灵。如果是老虎、狮子、大象，甚至蟒蛇，我们想起它们的时候，可以觉得它们懒洋洋或佯装安宁，但我们不会浮现出它们是紧张的这样一个印象。在突袭猎物的时候，它们快则快矣，狠则狠矣，你可以痛恨它，但它依然是从容的，它不紧张。

再举南极洲的企鹅为例，这些穿西服的鸟似乎也没有伶牙俐齿可供攻伐猎物与保障自身，胖墩墩的战斗力不强，但是，它们毫无疑问地不紧张。不是来自它们自身的强大，而是没有人类的迫害和袭扰，它们尚不知"紧张"为何物。

所以，紧张不是强大，只是懦弱的一件涂着迷彩的旧风衣。

紧张往往使我们看问题的角度趋向负面。因为不安全，所以防御感强，假如在判断不清的时候，首先断定对方是有敌意和杀伤力的，考虑自己怎样防卫、怎样规避、怎样逃脱……紧张会使我们误会了朋友的友谊，曲解了爱情的试探，加深了创伤的痛楚，减缓了复原的时间。在紧张的时刻，决定往往是短期和激烈的。

紧张的时候，我们无法清晰地聆听到真实的声音，我们自身澎湃的血液主导了我们的听觉。我们看到的可能并非真实的世界，因为自身的目光已经有了某种先入为主的景象。我们无法虚怀若谷地接纳他人的意见，因为自己的念头依然盘踞在心。我们难以深刻地反省局限，因为注意力全然集中对外，内心演出了一场"空城计"……紧张如同凹凸镜一般，真实的世界变形了，让我们进入高度的戒备状态。

紧张的人，是很难和别人和睦相处的。紧张的人，通常落落寡欢慎言忧郁。紧张的人，孤独寂寞。他们可以置身于灯红酒绿、车水马龙当中，但他们的心多疑多虑，缩成一块石头。

人们很推崇一个词——大将风度，我以为其中极重要的组成部分就是不紧张。每一行真正的高手，几乎都是举重若轻、温柔淡定的。草船借箭诸葛空城，功夫在诗外，无论形势多么危急，他们都成竹在胸。无论己方多么孤立，他们胜券在握。哪怕局面间不容发，他们都眼观六路、耳听八方，大将不紧张。

疲倦

　　疲倦是现代人越来越常见的一种生存状态，在我们的周围，随便看一眼吧，有多少垂头丧气的儿童？萎靡不振的青年？疲惫已极的中年？落落寡欢的老年？……人们广泛而漠然地疲倦了。很多人已见怪不怪，以为疲倦是正常的了。

　　有一次，我把一条旧呢裤送到街上的洗染店。师傅看了以后，说，我会尽力洗熨的。但是，你的裤子，这一回穿得太久了，恐怕膝盖前面的鼓包是没法熨平了。它疲倦了。

　　我吃惊地说，裤子——它居然也会疲倦？

　　师傅说，是啊。不但呢子会疲倦，羊绒衫也会疲倦的，所以，穿过几天之后，你要脱下晾晾它，让毛衫有一个喘气的机会。皮鞋也会疲倦的，你要几双倒换着上脚，这样才可延长皮子的寿命⋯⋯

我半信半疑，心想，莫不是该师傅太热爱他所从事的工作了，才这般体恤手下无生命的衣料。

又一次，我在一家工厂，看到一种特别的合金，如同谄媚的叛臣，能折弯无数次，韧度不减。我说，天下无双了。总工程师摇摇头道，它有一个强大的对手。

我好奇地问，谁？

总工程师说：就是它自己的疲劳。

我讶然，金属也会疲劳啊？

总工程师说，是啊。这种内伤，除了预防，无药可医。如果不在它的疲劳限度之前，让它休息，那么，它会突然断裂，引发灾难。

那一瞬，我知道了疲倦的厉害。钢打铁铸的金属尚且如此，遑论肉胎凡身！

疲倦发生的时候，如同一种会流淌的灰暗，在皮肤表面蔓延，使人整个儿地困顿和蜷缩起来。如果不加克服和调整，黏滞的不适，便如寒露一般，侵袭到身体的底层。我们了无热情，心灰意懒。我们不再关注春天何时萌动，秋天何时飘零。我们迷茫地看着孩子微笑，不知道他们为何快乐。我们不爱惜自己了，觉察不到自己的珍贵。我们不热爱他人了，因为他人是使我们厌烦的源头。我们麻木困惑，每天的太阳都是旧的。阳光已不再播洒温暖，只是射出逼人的光线。我们得过且过地敷衍着工作，因为它已不是创造性思维的动力。

疲倦是一种淡淡的腐蚀剂，当它无色无臭地积聚着，潜移默化地浸泡着我们的神经，意志的酥软就发生了。

在身体疲倦的背后，是精神率先疲倦了。我们丧失了好奇心，不再如饥似渴地求知，生活纳入尘封的模式。甚至婚姻，也会疲倦。它刻板地重复着，没有新意，没有发展。爱情的弹性老化了，像一只很久没有充气的球，表皮皲裂，塌陷着，摔到地上，噗噗地发出充满怨恨的声音，却再不会轻盈地跳起，奔跑着向前。

疲倦到了极点的时候，人会完全感觉不到生命和生活的乐趣，所有的感官都在感受苦难，于是它们就保护性地、不约而同地封闭了。我们便被闭锁在一个狭小的茧里，呼吸窘迫，四肢蜷曲，渐渐逼近窒息了。

疲倦的可怕，还在于它的传染性。一个人疲倦了，他就变成一炷迷香，在人群中持久地散布着疲倦的细微颗粒。他低落地徘徊着，拖曳着整体的步伐。当我们的周围生活着一个疲倦的人，就像有一个饿着肚子的人，无声地要求着我们把自己精神的谷粒，拨一些到他的空碗中。不过，如果我们这样做了之后，才发觉不但没有使他振作起来，自身也莫名其妙地被削弱了。

身体的疲倦，转而加剧着精神的苦闷。

变更太频繁了，信息太繁复了，刺激太猛烈了，扰动太浩大了，强度太凶，频率太高……即使是喜悦和财富，如果没有清醒的节制，铺天盖地而来，也会使我们在震惊之后深刻地疲倦。

当疲倦发生的时候，我们怎么办呢？

看看大自然如何应对疲倦吧。春天的花开得疲倦的时候，它们就悄然地撤离枝头，放弃了美丽，留下了小小的果实；当风疲倦的时候，它就停止了荡涤，让大地恢复平静；当海浪疲倦的时候，洋面就丝绸般的安宁了；当天空疲倦的时候，它就用月亮替换太阳……

人们没有自然界高明。不信，你看：当道路疲倦的时候，就塞车；当办公室疲倦的时候，就推诿和没有效率；当组织者疲倦的时候，就出现混乱和不公；当社会疲倦的时候，就冷漠和麻木……

疲倦对我们的伤害，需要平心静气的休养生息，让目光重新敏锐，让步伐恢复轻捷，让天性生长快乐，让手足温暖有力。耳朵能够捕捉到蜻蜓的呼吸，发梢能够感受到阳光的抚摸，微笑能如鲜橙般耀眼，眼泪能如菩提般仁慈……

疲倦是可以战胜的，法宝就是珍爱我们自己。疲倦是可以化险为夷的，战术就是宁静致远。疲倦考验着我们，折磨着我们。疲倦也锤炼着我们，升华着我们。

○ 从伊甸园带走
的**礼物**

　　亚当和夏娃从伊甸园离开的时候，带走了两样礼物。这是两样什么东西呢？我考过一些人。有人说，是树叶吧？夏娃既然已经穿在身上了，当然要带着走。有人说，是那个唆使他们吃了智慧树上的果子的坏蛋，为了报仇雪恨。要不然凡世间为什么会有各式各样的毒蛇？还有人说，一定是个苹果核。夏娃既然吃了果子，觉得香甜可口，肯定要把种子偷偷掖在身上……

　　正确的答案是：上帝震怒，要把亚当和夏娃赶出伊甸园。亚当俯视了一眼人寰，看到万千磨难险象环生，怕自己和夏娃凄苦煎熬，恳请上帝慈悲，送他们几种消灾免难的法宝。上帝想了一下，说，好吧，就送你们两样东西吧。一个是休息日，另一个是眼泪。于是，亚当和夏娃携带着上帝最后的礼物，从温暖美丽的伊甸园堕入水深火热的人间。

初次听到这个故事的时候，我还年轻。觉得上帝实在小气，休息是自己的，眼泪也是自己的，还用得着您老人家馈赠吗？完全可以自产自销。累了，就躺倒休息；伤心了，就放声哭泣，这有什么难的？如何能算礼物呢？太简陋寒酸了，不如送来更浓的芬芳和更脆甜的瓜果。

年岁渐长，又做了心理医生，从自己的苦恼和他人的困惑中，才悟出休息和眼泪真是无与伦比的宝贝。

休息是什么呢？是山高路远跋涉其间喝茶的闲暇，是无所事事坐看星辰秋风落叶的散淡，是百无聊赖的伸长懒腰和迷迷瞪瞪的困倦，是三五死党鸡零狗碎的游走和闲逛……这指的是懈怠的休息，还有一种更奋不顾身的休息。到高处攀登，到深海潜藏，从苍穹坠落，与猛兽同眠……求的是冷汗涔涔的刺激，收获的是惊世骇俗的风险，甚至搭上了性命也在所不惜。无论休息的外套怎样千变万化，有一个共性永存其中——那就是它真的什么也不创造，除了快乐。它什么都消耗，最主要的是时间和金钱。

再说说眼泪吧。人可以因为各种原因流眼泪，包括大喜过望和义愤填膺的时刻。眼泪是几乎除了大小便，我们能主动排泄的唯一体液了。不信你试试，如果不是火热的劳动和过度的紧张，你想命令自己出汗，并非易事。

　　眼泪是从最靠近我们大脑的双眼之穴涌流出来的，单单这一点，就让人充满了奇妙和敬畏。眼泪可以把我们恶劣的心境和强烈的情感，溶解在其中，将那些毒素排出，而将圣洁和宁静沉淀下来还给我们。泪水冲刷洗涤着昏暗的双眸，让它们恢复清洁和明亮。它是心灵火山爆发的岩浆，苦涩之水前仆后继地滴落，需要大量新鲜的血液涌流入大脑。脉管偾张血流澎湃，就像黄河水漫灌了苦旱的平川地，于是万物复苏草木葱茏，思考的藤蔓随之萌芽延展。

　　现代人放弃休息鄙夷眼泪，他们以为这是不值一提的废物，如同办公室里被粉碎了的过期纸渣。将休息从自己的日程表中放逐，其实是一种慢性自杀。号称从来也不流一滴眼泪的硬汉子，说得悲惨点，就是被阉割了情感的怪物。

　　让我们在该休息的时候，休息；在该流泪的时候，哭泣。这不是上帝送给亚当和夏娃的礼物，而是你自己传给自己的生命秘籍。

○ 为自己建立快乐
的**生长点**

　　人类正在经历有史以来最独特的一个阶段，也可以说是
"五千年未有之变革"。嗨！岂止是五千年，简直就是自打人类
从树上爬下来之后，五十万年甚或两百万年以来从未有过的奇特
阶段。

　　这就是我们生存的威胁，已经不再是祖先们最恐惧的风霜雨
雪等自然灾害，也不再是布帛菽粟的温饱问题，而是来自亲手制
造的核灾难和心理樊笼。这是我们第一次面临人的心灵广泛起到
主导作用的阶段，是人类自身演变进程的关键时刻。

　　我们面对的最大矛盾是——痛由心生。

　　饭吃饱了，是好事还是坏事呢？当然是好事了。没有尝过饥饿滋味的人，是很难体会到那种极度低血糖带给人的虚弱，具有多么恐怖和濒死的感觉。那个时候能得到一块干粮，简直就是无与伦比的幸福。如果是一块喷喷香的烤肉，更是咫尺天堂。

饥饿是强大的。当饥饿不存在的时候，很多痛彻心扉的欢乐也一去不复返了(这里的痛，要作痛快来理解)。旧的欢乐走了，要有新的欢乐顶上来。否则，人就被剥夺了幸福的重要源泉。

每个人，要为自己建立起快乐的生长点。这是你在新形势新阶段的新任务。你不能仅仅满足于食物带来的快乐，也不能满足于性本能带来的快乐。那都是动物的本能，虽然不能一笔抹杀，但人毕竟和动物是有重大区别的。

生物的快乐是永远存在的，不过，它们其实是很节制的。比如你的胃，容量就很有限。我曾亲眼在临床上见到过因为吃得太多，而把胃撑爆裂的病人，极其凄惨。我本来以为胃是很结实的器官，而且到了满溢的时刻，就不会接纳更多的食物。其实不然。因为一下子涌进了大量食物，胃就丧失了蠕动的功能，停滞在那里，好像一个懈怠了的橡皮口袋。如果事情局限在这个地步，还不是最糟，要命的是吃进去的食物，在体温的作用下开始发酵，产生了大量的气体。这时的胃就膨胀起来，变成了一个气球。产气越来越多，气体终于把胃给撑炸了。当我们用手术刀打开患者腹部的时候，看到的是满肚子白花花的大米饭。我们把破裂的胃切除了，用大量的生理盐水清理腹腔，把那些完全没有消化的大米粒从肝胆的后面和肠子的表层冲洗下来，好像在洗一堆油腻的锅碗瓢盆……手术持续了很长的时间，我们多么希望能挽救这个人的生命啊，然而，那些米饭带有大量的病菌，它们污染了洁净的腹腔，让这个人生了极重的败血症，最终逝去。

可见，一个人能吃进肚子的食物，实在是有限度的。

再说那个令人颇感兴趣的"性"。性的物质基础是性器官。当我学习性器官的功能时，接触到一个词，叫"绝对不应期"。这个医学术语是什么意思呢？

面对着一块活体的肌肉，你用电极棒刺激一下，它就反射性地弹跳一下，对你的刺激发生反应。你加快刺激的频率，它的反射也就增快增密。但是，这不是可以无限玩下去的游戏。当你的刺激变得更加频密的时候，肌肉反倒一动不动了。老师说，这组肌纤维进入了"绝对不应期"。任你如何加大刺激的强度，它就是呆若木鸡毫无反应。用一句通俗点的话来说，肌肉罢工了！

肌肉什么时候复工呢？不知道。理智无法操纵肌肉的规律，除非它休息好了，自愿上工。不然，除了等待，你是一点法子也没有。

老师说，在人体所有肌肉组群中，男性生殖器的肌肉和心肌的绝对不应期是最长的。为什么，你们知道吗？

学生们回答说，心肌如果没有足够的休息，无论什么刺激来了都反应一番，心脏就乱跳起来，会发生纤维性颤动，人体的发动机就废了。

老师说，回答得很好。那么，生殖器的肌肉为什么也要那么长的休息时间呢？

那时我们都很年轻，实在不知道这个问题如何回答为好，面面相觑。

老师说，性可以被用来压抑死亡焦虑。医学不得不承认性的诱惑具有某种极为神奇的力量，是一个强大的避风港，在短时间内可以对抗焦虑。在性的魔力之下，人会陶醉其中。不过，因为生殖器官不是单纯为了给人狂喜的器官，它肩负着繁衍后代的责任。这个工作太辛苦了，所以，它就给这个活动包了一个快乐的外衣，如同药丸外面的那层糖衣。你若是为了糖衣而不停地吃药，一定会把你吃坏。所以，生殖器的肌肉就有了显著的绝对不应期。

但是，请谨记——性绝不是全部。医学教授谆谆告诫，这显然已经超过了医学的范畴。他说，年轻人啊，如果你把性当成了人生的唯一要务，那么，不但身体不能允许，而且在一切如潮水般消退之后，遗留下来的是无比凄凉和无意义的感觉，世界变得庸俗和单一。尤其是杂交，虽然可以向寂寞的人提供短暂而强大的舒缓，但这必然是饮鸩止渴。

我至今不知道这是不是有科学证明的权威说法，但人的生殖系统绝不是贪得无厌的蠢货，这一点我绝对相信。

既然食欲和性欲带给我们的快乐都是有定量的，那我们到哪里去寻找取之不尽、用之不竭的快乐呢？

只有精神领域的探索是永无止境的，它能提供的快乐也是最高质量的快乐。

○ 在纸上写下你的

忧伤

　　把你不快乐的理由写在一张纸上，你会惊奇地发现，它们完全没有你想象的那样多，一般来说，它们是不会超过十条的。在这其中，把那些你不可能改变的理由划掉，比如你不是双眼皮或者你不是出身望族，然后认真地对付剩下的若干条，看看有哪些切实可行的方法可以将它们改变。

　　我常常用这个法子帮助自己，写在这里，供朋友们参考。

　　先准备一张纸，在纸上写下我纷乱的思绪。最好是分成一条条的，这样比较清晰和简明扼要。要知道，人在愁肠百结、眼花缭乱的时候，分辨力下降，容易出错。所以把复杂的问题简单化、条理化，用通俗点的说法，就是给问题梳个小辫子。实践证明，这是个好方法。

具体的操作步骤是这样的。假如你感到沮丧，就请你分门别类地把沮丧的理由写下来。假如你哀伤，就尝试着把哀伤的理由也提纲挈领地写下来。如果你也不知道因为什么，就是心烦意乱、百爪挠心、不知所措、诸事不顺的时候，也请你把所有可能导致如此糟糕心情的理由写下来。不要嫌麻烦，以此类推——当你愤怒的时候，当你寂寞的时候，当你无所适从的时候，当你自卑和百无聊赖的时候……都可以用这个法子试一试。

给你一个建议——找一张大一些的纸，起码要有A4纸那样大。如果你愿意用一张报纸一般大的纸，也未尝不可。反正我常常是这样开始的，引发我不适的感觉是如此强烈，深感没有一张大纸根本就写不下。数不清的理由像野兔般埋伏在烦恼的草丛里，等待着我去——将它们抓出来。如果纸太小，哪里写得下？写到半路发觉空白地方不够了，再去找纸，多么晦气！

当然了，你要找一个安静的地方。你要独自一人。不要把这当成一个玩笑，精神的忧伤是值得认真对待的，我们要凝聚心力，有条不紊地打开创口。

我当过外科医生，每逢打开伤口的时候，我都要揪着一颗心，因为会看到脓血和腐肉，有的时候，还有森森白骨。但是，任何一个负责任的医生，都不会因为这种创面的血腥狼藉而用一层层的纱布掩盖伤口，那样只会养虎为患，使局面越来越糟。

打开精神的伤口也是需要勇气的。当你写下第一条的时候，你很可能会战战兢兢地下不了笔，这时候，你一定要鼓起勇气，不要退缩。就像锋利的柳叶刀把脓肿刺开，那一瞬，会有疼痛，但和让脓肿隐藏在肌肉深处兴风作浪相比，这种短痛并非不可忍受。

第一刀刺下去之后，你在进出眼泪的同时，也会感到一点点轻松。因为，你把一个引而不发的暗疾揪到了光天化日之下。

乘胜追击，不要手软。请你用最快的速度再写下让你严重不安的第二条理由。这一次，稍稍容易了一些。不是吗？因为万事开头难啊！你已经开了一个好头，你已经把让你最难忍受的苦痛凝固在了这张洁白的纸上。这张纸，因了你的勇敢和苦痛，有了温度和分量。

第二条写完之后，请千万不要停歇下来，一定要再接再厉啊！这应该不是什么太难之事，因为让你寝食不安的事不会只是这样简单的一两件，你的悲怆之库应该还有众多的储备呢！也不要回头看，估摸自己已经写的那些东西是不是排名前后有调整的必要，只需埋头向前，一味写下。

写！继续！用不着掂量和思前想后，就这样写下去。等到了你再也写不出来的时候，咱们的"白纸疗法"第一阶段就先告一段落。

摆正那张纸，回头看一看。

我猜你一定有一个大惊奇。那些条款绝没有你想象的多！在一瞬间，你甚至有些不服气，心想造成我这样苦海无边、纷乱不止的原因，难道只有这些吗？不对，一定是什么地方出了差池，我想得还不够深不够细，概括得还不够周到，整理得还不够全面……

不要紧，不要急。你尽可以让自己不开心的理由，不要遗漏一星半点。

好了，现在，你到了绞尽脑汁再也想不出新的愁苦之处的阶段了。那么，我们的"白纸疗法"第一阶段正式完成。

你可以细细端详这些让你苦恼的罪魁祸首。我猜你还是有些吃惊，它们比你预想的还要少得多。你以为你已万劫不复，其实，它们最多不会超过十条。

不信，我可以试着罗列一下。

1.亲人逝去；

2.工作变故；

3.婚姻解体；

4.人际关系恶劣；

5.缺乏金钱；

6.居无定所；

7.疾病缠身；

8.牢狱之灾；

把 你 不 快 乐 的 理 由 写 在 一 张 纸 上 ，

你会惊奇地发现，
它们完全没有你想象的那样多。

9.失学失恋；

10.……

看到这里，你也许会说，这也太极端了吧？这些倒霉的事怎么能都集中到一个人身上呢？这种人在现实中的比例太低了！万分之一有没有啊？是的，我完全能理解你的讶然，但是，正如我们前面所说的，即使是这样的"头上长疮脚下流脓"的超级倒霉蛋，他的困境也并没有超过十条。

现在，"白纸疗法"进入第二个阶段。

把你的那些困境分分类，看看哪些是能够改变的，哪些是无能为力的。对于能够改变的，你要尽自己的努力来争取摆脱困境。对于那些不能改变的，就只能接受和顺应。

咱们还是拿那个天下第一倒霉蛋的清单来做个具体分析。

1.亲人逝去；

2.工作变故；

3.婚姻解体；

4.人际关系恶劣；

5.缺乏金钱；

6.居无定所；

7.疾病缠身；

8.牢狱之灾；

9.失学失恋。

不能改变的：亲人逝去，婚姻解体，疾病缠身。

已经得到改变的：因为牢狱之灾，解决了居无定所。因为牢狱之灾，也就没有继续工作的可能性了，所以，第二条困境就不存在了。失学这件事，也只有等待出狱之后再做考虑。失恋这件事，虽然说并不是完全没有希望挽回，但因为恋爱毕竟是两个人的事情，假如在没有牢狱之灾的情况下，对方都已经和你分手，那么现在的局面更加复杂，和好的可能性也十分微弱，基本上可以把它放入你无能为力的筐子里面了。

可以做出的改变：

1.在牢狱里，服从管理，争取减刑。

2.积极治病，强身健体。

3.学习知识和技能，争取出狱后能继续学业或是找到工作，积攒金钱，建立新的恋爱关系，找到房子，成立美满家庭。

通过剖析这张超级倒霉蛋的单子，我想你已经知道了该怎么做，我这里也就不啰唆了。毕竟每一片叶子都是不同的，每一个人遇到的具体困境和难处也都是不同的。我也就不打听你的隐私了。现在，让我们进入"白纸疗法"的第三个阶段。

第三个阶段非常简单，就是你给自己写一句话，可以是鼓励，也可以是描述自己的心境，也可以是把自己骂上一句。当然了，这可不是咬牙切齿的咒骂，而是激励之骂。

有的朋友可能还是不知道如何下笔，让我举几个例子。

有人写的是：那个悲伤的人已经走远，我从这一刻再生。

有人写的是：振作起来。不然，我都不认识你了！

还有人写的是：一切反动派都是纸老虎。

最有趣的是我曾看到一个年轻人写道：啊！我呸！

我问他，这个"我呸"，是什么意思？

他翻翻白眼说，你连这个都不懂？就是吐唾沫的意思。吐痰，这下你总明白了吧？

我笑笑说，还是不大明白。

他说，你怎么这么笨呢！像吐口水一样，把过去的霉气都吐出去，新的生活就开始了。我小的时候，每逢遇到公共厕所，氨水样的味道直熏眼睛，我妈就告诉我，快吐口水，就把吸进肚子里的臭气都散出去了……现在，我也要"呸"一下。

我明白了，这是一个仪式，和过去的沮丧告别，开始新的一天。其实也很有道理。在咱们的文化中，有一个词，叫"唾弃"，说的就是完全的放弃。还有一个词叫"拾人余唾"，就是把别人放弃的东西再捡回来，充满了贬义。因此，这个小伙子在一句"我呸"当中，蕴含了弃旧图新的决定。

○ 最单纯的生活
必需品

　　迪斯尼版的《森林王子》，描写一个人类婴孩，偶入大森林，被野狼阿力一家收养，在大熊巴鲁、黑豹巴希拉等动物的呵护与培养下，成为友善、勇敢、智慧、快乐的少年。它描绘了一幅人与动物在大自然的怀抱中，和谐相处的图画。

　　片中各种动物的造型和举止，颇符合物种个性的特征，险而不惊。特别是蟒蛇与巴克利的斗智斗勇，美妙的搏斗场面，既让人想起蛇那溜光水滑阴险狡诈的秉性，被它的盘旋晕得眼花缭乱，又让人在紧张中怡情，充满了机警的悬念。大熊巴鲁为了拯救巴克利，与森林王老虎谢利展开了殊死搏斗，以致昏倒在地。黑豹巴希拉误以为它已阵亡，心情激动地致了一段感人肺腑的悼词。大熊巴鲁慢慢苏醒后躺在地上，一动不动地倾听着，在庄严肃穆中，引出人们啼笑皆非的泪水。

巴鲁苏醒之后，开始教导人类的孩子巴克利，如何在大自然中生活。那只载歌载舞的憨厚大熊，反复吟唱着一句话——"让我们，得到，最单纯的生活必需品……"

真是令人拍案叫绝的真理——最单纯的生活必需品——由一只熊告诉我们。

人想活着，就必然有一些必不可少的物件陪伴左右。几年前，我见到一个乡下孩子和一个城里孩子在做游戏。一张卡片，正面写着问题，背面写着答案。双方看着问题回答，对与不对，以卡片为准。那题目是——生命存活的三大基本要素是什么？

城里的孩子说，这还不简单吗，就是脂肪、蛋白质和碳水化合物呗！

乡下的孩子说，啥叫脂肪？不就是猪大油吗？人没有猪油那些荤腥吃，能活。蛋白质是啥？不就是鸡蛋吗？人吃不上鸡蛋也可以活的。碳水化合物是啥东西，俺不知道。俺只知道人要活着，最要紧的是要有水、火柴和粮食！

那张硬硬的精美卡片后面的答案，判定城市孩子的回答正确。但说心里话，我认为乡下孩子的答案更率真和智慧。

纵观人类的历史，我们的生活必需品的名录，就像银行信用卡恶意透支的黑名单，是越来越长了。一千年前，假如我们外出，真如那个乡下孩子所讲，只需带上水和干粮，再携一把火镰，就可走遍天下。现在呢，要有旅游鞋休闲装，盆碗帐篷净水器，驱蚊油防晒霜，卫星电视电话机……

这应该算是进步吧？只是大自然不堪重负了。养育一个现代人的物资，足够当初养活一百个一千个原始人。

大熊的箴言里，还有一个含义——单纯。单纯是一种很真实、很透明的东西，我们已经在进化中将它忽略和玷污。比如水吧，人体的细胞所需要的，是纯净的自然之水，而绝不是啤酒、可口可乐和掺了色素的某种浑浊液体。人们先是把水弄得很复杂，然后再把脏水过滤。当人饮着这种再生的清水时，沾沾自喜，以为是文明的进步，其实比古代人的饮水质量，还差着档次。

再如空气，人的肺所需要的，是凛冽的清新的山谷森林之风，而绝不是被汽车吞吐了千百次的工业废气。人们聚集在城市里，在空气中混淆进数不清的杂质，然后摇摇头说，这样的地方，太不利于健康了。于是就开着汽车，满世界地找青山绿水的地方，心安理得地住下来，把新的污染带给那里。

人们本来应该简洁明确地表白自己的内心，这样会避免多少误会，节约多少人生，增进多少了解，加快多少速度啊！但是，不。人们变得虚伪客套声东击西云山雾罩，并尊称这些技术技巧为礼仪和外交，让世界变得遮遮盖盖、诡谲莫测。于是无数人在这面无法超越的黑斗篷前终生猜谜，并以此形成许多新的职业和窥探的癖好。

也许我们可以对自己精神和物质生活中所需物品的庞大分子分母，来一个约分。本着单纯和必需的原则，把太繁多的精简，把太复杂的摒弃。必需的东西越少，我们的脚步就越轻捷。佛家有一句话，叫"无挂碍物者无恐怖"，不妨借用来，少需要物者少烦恼。因为必需少，所以受限轻。人就获得了更快的行走，更高的飞翔。

单纯这件事，说起来简单，做起来不容易。因为世界上有许许多多的杂质，无时无刻不在腐蚀着单纯。人们往往以为单纯只存在于童贞，如果你在晚年还保有单纯，如果不是太傻，就是天赐的一种好运气，保佑你未曾遭遇污浊侵袭，所以依旧清澈。其实，最有力量的单纯，是历练过复杂之后的九九归一，以不变应万变，自身有过滤化解和中和澄清的功能。任你血雨腥风，我自静若处子。心永远清清的，呼吸永远是轻轻的……

○ 孤独是一种

兽性

Wan
An

　　孤独这两个字，从它的偏旁与字形，一眼望去，就让人想起动物世界。看来我们聪明的祖先造字的时候，就已洞察它的真髓。

　　很低等的动物，多半是合群的。比如海洋里庞大的虾群，丛林中的白蚁，都是数目庞大的聚合体。随着物种渐渐进化，孤独才悄然而至。清高的老虎，高傲的鹰隼，狡猾的狐狸，威猛的狮子，你见过它们成群结伙浩浩荡荡组织起来的吗？

　　等进化到了人，事情才又复杂地回归了。人类重新为了各种利益，集结在一起。比如一千万人的城市，至今还在膨胀之中，从事某一行业的人，摩肩接踵地挤在一起。房屋盖得像毒蘑菇一般紧密，公共汽车拥挤成血肉长城⋯⋯

在这种情况下，人回忆孤独，渴望孤独而不得，便沉浸于找与回味的痛苦。

孤独是一种源于兽的洁癖和勇敢。高雅的人在说到孤独时，以为那是人类的特殊情感，其实不过是返祖之一斑。

孤独是某个生命个体，独立地面对大自然的交流。自然是永恒而沉默的，只有深入它的怀抱中，在万籁寂静之时，你才能感觉它轻如发丝的震颤。

寻共鸣易，寻孤独难。因为共同的利害，将无数人紧紧拴在一起，利至则同喜，利失则同悲。比如股票市场，哪里有孤独插翅的缝隙？

高官厚禄，纸醉金迷，霓裳羽衣，巧笑倩兮⋯⋯都需要有人崇拜，有人瞻仰，有人喝彩，有人钟情⋯⋯假若孤独着，一切岂不是沙上建塔？

这些人也经常谈论孤独，但他们说出孤独这个字眼的时候，表达的不过是一种利益不够辉煌的愤懑感，和洁净凉爽无欲无求的孤独感大不相干。

人是软弱的动物。因为恐惧，才拥挤一处，以为借此可以抵挡自天而降的风雷。即使无法抵御，因为共睹同类也遭此厄运，私心里也可生出最后的快慰。

孤独是属于兽的一种珍贵属性，表达一种独往独来的自信与勇猛。在人满为患的地球上，它已经越来越稀少了。

也许有一天，人性终于消灭了兽性，孤独就像最后一只恐龙，销声匿迹。

○ 人可以最大限度地
逼近真实

Wan
An

朋友给我讲过这样一个故事。

他祖父小的时候，很聪明，也很有毅力，学业有成，正欲大展宏图之际，曾祖将他叫了去，拿出一个古匣，对他说，孩子，我有一件心事，终生未了。因为我得到它们的时候，一生的日子已经过了一半，剩下的时间，不够我把它做完了。做学问，就要从年轻的时候着手，我要是交给你一件半成品，不如让你从头开始。原委是这样。早年间，江南有一家富豪，酷爱藏书。他家有两册古时传下的医书，集无数医家心血之大成，为杏林一绝。富豪视若珍宝，秘不传人，藏在书楼里，难得一见。后来，富豪出门遇险，一位壮士从强盗手里救了他的性命，富豪感恩不尽，欲以斗载的金银相谢。壮士说，财宝再多，再贵重，也是有价的。我救了你，你的命无价。富豪说，莫非壮士还要取了我的命去？壮士大笑说，我不是要你的命，是想用你的医书，救普天下人的性命。富豪想了半天，说，我可以将医书借给你三天，但是三日后的正午，你必得完璧归赵。说罢，命人从嵯峨的木制书楼里，将饱含檀香气味的医书，捧了出来。

壮士得了书后，快马加鞭急如星火地赶回家，请来乡下的诸位学子，连夜赶抄医书。书是孤本，时间又那样紧迫，萤萤灯火下，抄书人目眦尽裂，总算在规定时间之内，依样画葫芦地描了下来。壮士把医书还了富豪，长出一口气，心想从此以后，便可以用这深锁在豪门的医学宝典，造福于天下黎民了。

谁知，抄好的医书拿给医家一看，才知竟是不能用的。医家以人的性命为本，亟须严谨稳当。这种在匆忙之中由外行人抄下的医方，讹脱衍倒之处甚多，且错得离奇，漏得古怪，寻不出规律，谁敢用它在病人身上做试验呢？

壮士造福百姓之心不死，急急赶回富豪家，想晓以大义，再请富豪将医书出借一回，这一次，请行家高手来抄，定可以精当了。当他的马冷汗涔涔到达目的地时，迎接他的是冲天火光。富豪家因遭雷击燃起天火，藏书楼内所有的典籍已化为灰烬。

从此这两册抄录的医书，就像鸡肋，一代代流传了下来。没有人敢用上面的方剂，也没有人舍得丢弃它。书的纸张黄脆了，布面断裂了，后人就又精心地誊抄一遍。因为字句的文理不通，每一个抄写的人都依照自己的理解，将它订正改动一番，闹得愈加面目全非，几成天书。

曾祖的话说到这里，目光炯炯地看着祖父。

祖父说，您手里拿的就是这两册书吗？

曾祖说，正是。

祖父说，您是要我把它们勘出来？

曾祖说，我希望你能穷毕生的精力，让它死而复生。但你只说对了一半，不是它们，是它。工程浩大，你这一辈子，是无法同时改正两本书的。现在，你就从中挑一本吧。留下的那本，只有留待我们的后代子孙，再来辨析正误了。

祖父看着两本一模一样的宝蓝色布面古籍，费了斟酌，就像在两个陌生的美女之中，挑选自己终身的伴侣，一时不知所措。

随意吧。它们难度相同，济世救人的功用也是一样的。曾祖父催促。

祖父随手点了上面的那一部书。他知道从这一刻，这一个动作，就把自己的一生，同一方未知的领域，同一个事业，同一种缘分，紧紧地粘在一起。

好吧。曾祖把祖父选定的甲册交到他手里，把乙册收了起来，不让祖父再翻，怕祖父三心二意，最终一事无成。

祖父没有辜负曾祖的期望，皓首穷经，用了整整半个世纪的时间，将甲书所有的错漏之处更正一新。册页上临摹不清的药材图谱，他亲自到深山老林一一核查。无法判定成分正误的方剂，他采集百草熬药炼成汤，以身试药，几次昏厥在地。为了一句不知出处的引言，他查阅无数典籍……那册医书就像是一盘古老石磨的轴心，天文地理古今中外，凡是书中涉及的知识，祖父都用全部心血一一验证，直至确凿无疑。祖父的一生围绕着这册古医书旋转，从翩翩少年一直变作鬓发如雪。

按说祖父读了这许多医书，该能成为一代良医。但是，不。祖父的博学只为那一册医书服务，凡是验证正确的方剂，祖父就不再对它们有丝毫留恋，弃而转向新的领域探索。他只对未知事物和纠正谬误有兴趣，一生穷困艰窘，竟不曾用他验证过的神方，医治过病人，获得过收益。

到了祖父垂垂老矣的时候，他终于将那册古书中的几百处谬误，全部订正完了。祖父把眼睛从书上移开，目光苍茫，好像第一次发现自己已走到生命的尽头。

人们欢呼雀跃，毕竟从此这本伟大的济世良方，可以造福无数百姓了。

但敬佩之情只持续了极短的一段时间。远方出土了一座古墓，里面埋藏了许多保存完好的古简，其中正有甲书的原件。人们迫不及待地将祖父校勘过的甲书和原件相比较，结果是那样令人震惊。

祖父校勘过的甲书，同古简完全吻合。

也就是说，祖父凭借自己惊人的智慧和毅力，以广博的学识和缜密的思维，加之异乎寻常的直觉，像盲人摸象一般地在黑暗中摸索，将甲书在漫长流传过程中产生的所有错误，全改正过来了。

祖父用毕生的精力，创造了一项奇迹。

但这个奇迹，又在瞬忽之间，烟消灰灭，毫无价值。古书已经出土，正本清源，祖父的一切努力，都化为劳而无功的泡沫。人们只记得古书，没有人再忆起祖父和他苦苦寻觅的一生。

讲到这里，朋友久久地沉默着。

古墓里出土了乙医书的真书吗？我问。

没有。朋友答。

我深深地叹息说，如果你的祖父在当初选择的那一瞬间，挑选了乙书，结果就完全不一样啊。

朋友说，我在祖父最后的时光，也问过他这个问题。祖父说，对我来讲，甲书乙书是一样的。我用一生的时间，说明了一个道理，人只要全力以赴地钻研某个问题，就有可能最大限度地逼近它的真实。

祖父在上天给予的两个谜语之中，随手挑选了一个。他证明了人的努力，可以将千古之谜猜透。

这已经足够。

柔和

　　"柔和"这个词，细想起来挺有意思的。先说"和"字，由禾和口两部分组成，那含义大概就是有了生长着的禾苗，嘴里的食物就有了保障，人就该气定神闲、和和气气了。

　　这个规律，在农耕社会或许是颠扑不破的。那时只要人的温饱得到解决，其他的都好说。随着社会和科技的发达进步，人的较低层次需要得到满足之后，单是手中的粮，就无法抚平激荡的灵魂了。中国有句俗话，叫"吃饱了撑的——没事找事"。可见胃充盈了之后，就有新的问题滋生，起码无法达到完全的心平气和。

　　再说"柔"这个字。通常想起它的时候，好像稀泥一摊，没什么筋骨的模样。但细琢磨，上半部是"矛"，下半部是"木"——一支木头削成的矛，看来还是蛮有力度和进攻性的。柔是褒义，比如"柔韧、以柔克刚、刚柔相济、百炼钢化为绕指柔……"都说明它和阳刚有着同样重要的美学和实践价值。

记得早年当学生的时候，一天课上先生问道，大家想想，用酒精消毒的时候，什么浓度为好？学生齐声回答，当然是越高越好啦！先生说，错了。太高浓度的酒精，会使细菌的外壁在极短的时间内凝固，形成一道屏障，后续的酒精就再也杀不进去了，细菌在壁垒后面依然活着。最有效的浓度是把酒精的浓度调得柔和一些，润物无声地渗透进去，效果才佳。

于是我第一次明白了，柔和有时比风暴更有力量。

柔和是一种品质与风格。它不是丧失原则，而是一种更高境界的坚守，一种不曾剑拔弩张，依旧扼守尊严的艺术。柔和是内在原则和外在的弹性充满和谐的统一，柔和是虚怀若谷的谦逊和冷暖相宜的交流。

现代人在风驰电掣的忙碌中，是多么期望自己和他人的柔和啊。不信，你看看报上征婚广告，尽是征寻性格柔和的伴侣，人们希望目光是柔和的，语调是柔和的，面庞的线条是柔和的，身体的张力是柔和的……

当我们轻轻念出"柔和"这个词的时候，你会觉得有一缕淡蓝色的温润，弥漫在唇舌之间。

有人追索柔和，以为那是速度和技巧的掌握。书刊上有不少教授柔和的小诀窍，比如怎样让嗓音柔和，手势柔和……我见过一个女孩子，为了使性情显出柔和，在手心用油笔写了大大的"慢"字，天天描一遍，掌总是蓝的，以致扬手时常吓人一跳，以为她练了邪门武功。这女孩并为自己规定每说一句话之前，在心中默数从1到10……她除了让人感到木讷和喜怒无常外，与柔和不搭界。

一个人的心如若不柔和，所有对外在柔和形式的模仿和操练，都是沙上楼阁。

看看天空和海洋吧。当它们最美丽和博大，最安宁和清洁的时候，它们是柔和的。

只有成长了自己的心，才会在不经意之间，收获了柔和。

我们的声音柔和了，就更容易渗透到辽远的空间。我们的目光柔和了，就更轻灵地卷起心扉的窗纱。我们的面庞柔和了，就更流畅地传达温暖的诚意。我们的身体柔和了，就更准确地表明与人平等的信念。

柔和，是力量的内敛和高度自信的宁馨。愿你一定在某一个清晨，感觉出柔和像云雾一般悄然袭身。

　　女友送我一只翡翠平安扣，红丝绳系着。它碧绿地沉重地坠在我的胸口，澄清中透出云雾状的"棉"，水色迷蒙。扣的正心有一个完整的孔，仿佛一支竹箫横断。清新的空气在扣中穿行，染出一缕青黛。

　　我问友人，它是真的翡翠吗？

　　友人说，什么啊？

　　我说，翡翠呀。

　　友人说，美得你！这么大一块上乘翡翠，价值连城，把我的身家都卖了，也送你不起的。当然是假的了，经过化学处理的石头而已。

我把平安扣摘下来说，既是假的，那还有什么意思呢？我看这平安扣，倒是很像一枚铜钱的。

朋友抚摸着平安扣说，它和铜钱，实在是大不同。铜钱外圆内方、上书"××通宝"的字样，内芯尖锐刻板，实为锱铢必较之相。平安扣不着一字，外圈是圆的，象征着辽阔天地混沌无限。内圈也是圆的，祈愿着我们内心的平宁安远。在它微小的空间里，蕴含了整个壮丽的大自然。它昭示当你的心与天地一致，便有了伟大的包容和协调，锁定了你的平安。

我叹了一口气说，讲得虽好，但世事维艰，我们脆弱的心，在历经沧桑之后，怎样才能清风朗月圆润如初？

友人陪着我叹气说，是啊，没人能承诺我们一生永远晴天，没人能预知草莽中潜藏毒蛇猛兽，没人能勾勒出命运的风刀霜剑，没人能掐算出何时将至大限……从这个意义上讲，纵用尽天下翡翠，打凿出如泰山那般的一枚巨大平安扣，悬挂在星辰间，也是没有丝毫用处的。然而，外界虽不能把握，内心却可以调适。任你弱水三千，我自谈笑风生，谁又能奈何我们呢？你我也许不知道，命运将在哪一个急转弯处踉跄跌倒，但我们确知，即使匍匐在地，也依然强韧地准备着爬起……

我把石头雕成的平安扣，重又挂在颈上。

友人说，送你的翡翠是假，平安的祝福是真。每个人，都是自己的平安扣啊。

○ 你不能要求没有
风暴的海洋

Wan
An

　　痛苦和磨难是人生不可分割的一部分。只有接受这一事实，
我们才能超越它，更加看清生命的意义。

　　你说你不要这些苦难，那么生命也就失去了框架。很多自
杀的人，就是因为没有理会这种意义，一相情愿地认为生命是应
该只有甘甜没有挫败的。特别是在恋爱早期，那种汹涌的荷尔蒙
带来的欢愉，让人把激情当成了常态。生命的常态，其实就是平
稳和深邃，还有暗流。在最深刻的层面，我们不单与别人是分离
的，而且与世界也是分离的，兀自踽踽前行。

　　生命的每一步都带着人们向死亡之境跌落，不要存在幻想，
这才让你比较持久稳定，安然地居住在孤独中，胸中如有千沟万

壑、千军万马。只有接受这一事实，我们才能超越死亡，腾起在空中，看清生命的意义。

有一次，到沙漠中间的一个城市去，临行之前和当地的朋友联络。她不停地说，毕老师，你可要做好准备啊，我们这里经常是黄沙蔽日。不过，这几天天气很不错，只是不知道它能不能坚持到你到来的那一天。

我有点纳闷。虽然人们常常说，"您的到来带来了好天气"，或者说，"天气也在欢迎您呢"，谁都知道，这是典型的客套。个体的人是多么渺小啊，我们哪里能影响到天气！

不过这位朋友反复地提到天气，还是让我产生了好奇。我说，不管好天气还是坏天气，我们都不能挑选。天气是你们那里的一部分，就是黄沙蔽日，也是你们的特色啊。

说者无意，听者有心。后来，这位朋友对我说，她听了我的话，就放下心来。我很奇怪，因为自觉这番话里，并没有多少劝人安心的含义啊。她说，我们这里天气多变，经常有朋友一下飞机就抱怨，闹得主客都很尴尬。

我说，坏天气也是大自然的一部分，就像每个人的生命中都必定会下雨，某些日子势必黑暗又荒凉。就像你不可能总是吃细粮，那样你就会得大肠癌。你一定要吃粗纤维。坏天气、悲剧、死亡、生病，都是生命中的粗纤维，我们只有安然接纳。

你不可能要求一个没有风暴的海洋。那不是海，是泥潭。

○ 抑郁的
源头

　　每个人都是这样密切地与他人相关，所以当彼此的关系断裂时，才显出空旷无助的凄楚。断裂的原因，可能是误解、背叛、欺瞒、争吵、鄙视……死亡当然是最彻底的断裂了。生命是一根链条，其中一环断了怎么办？唯一的方法是把链条再接起来。这是需要花工夫动脑子的事情。

　　看过一个熟练的布厂女工表演棉条的连接。棉条断了，每一根棉丝都断了，如同一根雪白的冰棒被截断。女工把需要吻合的两根棉条对接，展开，让每一根棉丝都找到连接的位置，然后轻轻地捻动，让它们在旋转中融为一体。接好了，抻拽一番，融合得天衣无缝。

　　这个过程形象地说明了建立新关系的步骤。找到新的位置，然后从容不迫地连接，新的关系就慢慢建立起来了。

　　世界上的事，简言之，都是关系使然。人的全部活动，就是三种无法逃避的关系。

　　第一重，是人和自然的关系。人类是自然之子。没有自然，就没有了人所依附的一切。大自然的伟力，在城市里的人，不大容易体会得到。你到空旷的山野和广袤的沙漠中，你置身于晴朗的夜空之下，你在雪山顶端和海洋中央之时，比较容易找到人类应该待着的位置。

　　第二重关系，是人和自我的关系。你离不开你自己。只要你活一天，你就和自己密不可分。就算是你的肉身寂灭了，你依然和自己的精神痕迹紧紧地贴附在一起，无法分离。

　　第三重关系，就是人和他人的关系。纵观世界上无数的悲欢离合、潮起潮落，无非就是在这重关系上的跌宕起伏。人是被称为"人群"的，人不是单独的个体，而是人以群分。

　　这三重的关系，无论哪一重发生了断裂，都是噩耗。我们是相互联结的，没有哪一部分的震荡，其他部分可以幸免。所以，英国诗人多恩说，不要问丧钟为谁而鸣，丧钟为你而鸣。

　　人永远不要割断自己同他人的联系，不要割断同祖国的联系，不要割断同祖先的联系，不要割断同亲人的联系，不要割断同工作的联系，不要割断同历史的联系，不要割断同文化的联系……正是这重重联系，像斜拉桥的绳索一样，托举着你成为你。

如果桥梁的绳索断了，谁都知道要在第一时间将它修复。但是，人的关联的绳索断了，一时半会儿好像看不出非常严重的后果。你还是你，可以按时上班，可以听音乐和下饭馆，可以聊天和静思。但是，且慢，时间长了，是一定要出岔子的。很多的抑郁症就是这样悄无声息地发生了。我曾经听过一位美国心理学家讲述治疗抑郁症的新疗法，他很决绝地说，世界上所有的抑郁症都是在关系上出了问题。

真是这样的吗？

你可以不信，但可以好好想一想。

○ 失去四肢的

泳者

　　一位外国女孩，给我讲了这样一个故事——

　　举行残疾人运动会，报名的时候，来了一个失去了双腿的人，说他要参加游泳比赛。登记小姐很小心地问他在水里将怎样游，失去双腿的人说他会用双手游泳。

　　又来了一个失去了双臂的人，也要报名参加游泳比赛。小姐问他将如何游，失去双臂的人说他会用双腿游泳。

　　小姐刚给他们登记完了，来了一个既没有双腿也没有双臂，也就是说，整个失去了四肢的人，也要报名参加游泳比赛。小姐竭力镇静自己，小声问他将怎样游泳，那人笑嘻嘻地答道："我将用耳朵游泳。"

他失去四肢的躯体好似圆滚滚的梭。由于长久的努力，他的耳朵硕大而强健，能十分灵活地扑动向前。下水试游，他如同一枚鱼雷出膛，速度比常人还快。于是，知道底细的人们暗暗传说，一个伟大的世界纪录即将诞生。

正式比赛的那一天，人山人海。当失去四肢的人出现在跳台的时候，简直山呼海啸。发令枪响了，运动员嘭嘭入水。一道道白箭推进，浪花迸溅，竟令人一时看不清英雄的所在。比赛的结果出来了，冠军是失去双腿的人，亚军是失去双手的人，季军是……

英雄呢？没有人看到英雄在哪里，起码是在终点线的附近，找不着英雄独特的身姿。真奇怪，大家分明看到失去四肢的游泳者跳进水里了啊！

于是更多的人开始寻找，终于在起点附近摸到了英雄。他沉入水底，已经淹死了。在他的头上，戴着一顶鲜艳的游泳帽，遮住了耳朵。那是根据泳场规则，在比赛前由一位美丽的姑娘给他戴上的。

我曾把这故事讲给旁人听。

听完之后的反应，形形色色。

有人说，那是一个阴谋。可能是哪个想夺冠军的人出的损招——扼杀了别人才能保住自己。

有人说，那个来送泳帽的人，如果不是一个漂亮的女孩子就好了，泳者就不会神魂颠倒。就算全世界的人都忘记了他的耳朵的功能，他也会保持清醒，拒绝戴那顶美丽杀人的帽子。

有人说，既然没了手和脚，就该安守本分，游的什么泳呢？要知道水火无情，孤注一掷的时候，风险随时会将你吞没。

有人说，为什么要有这么混账的规则，游泳帽有什么作用？各行各业都有这种教条的规矩，不知害了多少人才，重重陋习何时才会终结？

我把这些议论告诉女孩。

她说，干吗都是负面？这是一个笑话啊，虽然有一点深沉。

当我们完整的时候，奋斗比较容易。当我们没有手的时候，我们可以用脚奋斗。当我们没有脚的时候，我们可以用手奋斗。当我们手和脚都没有的时候，我们可以用耳朵奋斗。

但是，即使在这时，我们依然有失败甚至完全毁灭的可能。

很多英雄，在战胜了常人难以想象的艰难困苦之后，并没有得到最后的成功。

凶手正是自己的耳朵——你的最值得骄傲的本领！

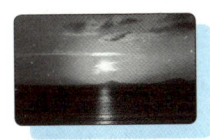

○生命的

借记卡

Wan
An

　　我有一个西式钱包，钱包里有很多小格子，这些格子的用途是装载各式各样的卡，我没让它们闲着，装得满满当当。我有附近多家超市的亲情卡，虽然我每次购物之后都毕恭毕敬地出示该店的卡，但一年下来累计的分数，总也到不了可以领取优惠券的地步（因为我购物不够专一，总是在各个不同的店家游荡），于是在某一个商家规定的日子里被残忍地"归零"，一切又重新开始。

　　我还有电话卡，到外地出差的时候，虽然接待方会很热情地说，房间的长途已经开通，您只管用。我还是为饭店附加在电话上的费用斤斤计较，出于为邀请方省些银两，自己到酒店大堂去打公用电话。每打一次，都有一种小小的成就感。我还有几家馆子的优惠卡，有一次拿出来结账，服务小姐看了半天说不认识这卡，从来没见过客人使过，我说，你来这家店多久了呢？她说，一年了。我说，这卡是你们店开张的时候给的，说是永久有效呢。小姐就拿了卡去问元老，笑吟吟地回来说，你说得不错，只是连他们也没见过这种卡，一直找到老板才说确有这回事。

啰唆了半天，还没说到正题上。我的正题是什么呢？就是我虽然有多张看起来也是硬邦邦闪烁烁的卡，但其实那种可以透支可以境外使用的货真价实的银行卡，一张也没有。先生说过很多次了，说这是时尚，你在高档场所结账的时候，如果掏出一大把皱皱巴巴的现金，是要遭人耻笑的。我说，你也不是不知道，我平日最频繁的交易场所是农贸市场，别说那里没有刷卡的设备，即便有了，买上一个西瓜刷一次卡，买三条黄瓜半斤草莓再刷两次卡，你觉得如何呢？

家人就嘲讽我近乎一个纯粹的主妇，不能在金融方面与时俱进。好在这羞惭近日得到了雪洗的机会。单位为了发放工资方便，为大家统一办理了银行借记卡。

我拿到借记卡，反复端详并仔细地阅读了有关条文，突然思绪就飞到了很远的地方。

喜欢这个"借"字。我们的一切都是借来的，总归有要还的那一天。《红楼梦》里的公子贾宝玉出生的时候，嘴里是含了一块玉的。我们每个人出生的时候，并非两手空空，而是捏了一张生命的借记卡。

阳世通行的银行卡分有钻石卡、白金卡等细则，生命的卡则一律平等，并不因了出身的高下和财富的多寡，就对持卡人厚此薄彼。

这张卡是风做的，是空气做的，透明、无形，却又无时无刻不在拂动着我们的羽毛。

在你的亲人还没有为你写下名字的时候，这张卡就已经毫不迟延地启动了业务。卡上存进了我们生命的总长度，它被分解成一分钟一分钟的时间，树木倾斜的阴影就是它轻轻的脚印了。

密码虽然在你的手里，但储藏在生命借记卡的这个数字，你虽是主人，却无从知道。这是一个永恒的秘密，不到借记卡归零的时候，你都在混沌中。也许，它很短暂呢，幸好我不知你不知，咱们才能无忧无虑地生活着，懵然向前，支出着我们的时间，不知道会在哪一个早上那卡突然就不翼而飞，生命戛然停歇。

很多银行卡是可以透支的，甚至把透支当成一种福祉和诱饵，引领着我们超前消费，然而它也温柔地收取了不菲的利息。生命银行冷峻而傲慢，它可不搞这些花样，制度森严铁面无私。你存在账面上的数字，只会一天天一刻刻地义无反顾地减少，而绝不会增多。也许将来随着医学的进步，能把两张卡拼成一张卡,现阶段绝无可能。以后也要看生命银行的脸色,如果它太觉尊严被冒犯和亵渎,只怕也难以操作。咱们今天就不再讨论。

也许有人会说,现在发布的生命预期表,人的寿命已经到了七八十岁的高龄,想起来,很是令人神往呢。如果把这些年头折算成分分秒秒,一年365天,一天24小时,一小时3600秒。按照我们能活80年计算,卡上的时间共计是2522880000秒(没找到计算器,老眼昏花地用笔算,反复演算了几遍,应该是准确的)。

真是一个天文数字,一下子呼吸也畅快起来,腰杆子也挺起来,每个人出生的时候,都是时间的大富翁。不过,且慢。既然算账,就要考虑周全。借记卡有一个名为"缴费通"的业务,可以代缴代扣。比如手机话费、宽带上网费、水电费、图文电视费……呵呵,弹指间你的必要消费就统统交付了。

生命也是有必要消费的。就在我们这一呼一吸之间,卡上的数字就要减掉若干秒了。我们有很多必不可少的支出,你必须要优先保证。首先,令人晦气的是——我们要把借记卡上大约三分之一的数额支付给床板。床板是个哑巴,从来不会对你大叫大喊,可它索要最急,日日不息。你当然可以欠着床板的账,它假装敦厚,不动声色。一年两年甚至十年八年,它不威逼你,是个温柔的"黄世仁"。它的阴险在长久的沉默之后渐渐显露,它不动声色地、无声无息地报复你,让你面色干枯发摇齿动、烦躁不安、歇斯底里……它会让你乖乖地把欠着它的钱加倍偿还,如果它不满意，还会把还账的你拒之门外。倘若你欠它的太多了，一怒之下，也许它会彻底撕毁了你的借记卡，纷纷扬扬飘落一地，让"杨白劳"就此永远躺下。所以，两害相权取其轻吧，从长远计，你切不可以慢待了床板这个索债鬼，不管它多么笑容可掬，你每天都要按时还它时间。

你还要用大约三分之一的时间来吃饭、排泄、运动、交通、打电话，接吻、示爱和做爱，到远方去旅游，听朋友讲过去的事情，当然也包括发脾气和生气，和上司吵架还有哭泣……当然你也可以将这些压缩到更少的时间，但你如果在这些方面太吝啬支出的话，你就变成了一架冰冷的机器，而不再是活生生的人。为了让我们生命丰富多彩，这些支出你无法逃避。

当太老的时候，或者你太小的时候，你有一些时间将不知道自己干了什么。当然，如果有另外的人清楚地记录着你的支出，我想那些时间应该被称为"成长"和"休养生息"。这是一些时间的黑洞，你觉得自己很是俭省，从未乱花过一分钱，但那些钱财还是在不知不觉中流淌，让你囊中渐空。你幼小的时候不能工作和学习，这不是你的过错，只是你的过程。你年老的时候不能创造和奋斗，这也不是你的过错，而是你的必然。为了盛极时的响彻云天，蝉虫必须在泥土中蛰伏蜕变15年，和它相比，人类还算早熟。人类的进步带来了人类的长寿，那多积攒出来的时间，基本上都是晚年。所以，你不能埋怨。你的生命借记卡上的时间的价值并不等值，对此你只有一笑了之。

借记卡有一个功能，就是代缴各种费用。你的生命刨去了这样多的必须支出，你还剩下多少黄金时段？

如果我们能够知道自己生命中能够有效利用的时间到底是多少，我相信一半以上的人都会活得更加精彩。因为借记卡的数字隐藏在无边的黑暗中，这就更需要我们在黑暗中坚定地摸索着前进。

你的密码只有你自己知道，不要把密码告诉陌生人，不要让他人主宰了你的生活。如果你的密码被泄露，不要伤心，不要自暴自弃。密码是可以修改的，你可以重新夺回你对自己生命的控制权。这张借记卡，只要你自己不拱手相让，就没有任何人能把它从你的手中夺走。

不要用你手中的卡，去做纯粹为了虚荣和炫耀的消费。因为那都是过眼烟云，你付出的是生命，收获的是荒凉。

不要用你手中的卡，去买你不喜欢的东西。生命是我们能够享有的唯一，它的光彩和价值就在于它独树一帜的意义。找寻你生命的脐带，它维系着你的历史和光荣，这是你的责任和勇敢所在。如果你逃避或者挥霍，你就彻头彻尾地对不起一个人，让那个人在无望中泪水流淌。这个人不是你的爸爸妈妈，虽然他们也可能为此伤感，但在他们逝去之后，你依然可以看到新鲜的泪珠的闪耀。这个人也不是你的师长，虽然他们可能会因此失望，但他们还有更多的学生可以期待。要知道你最对不起的人就是你自己，你委屈了千载难逢的表达。

唯有我们不知道生命的长短，生命才更凸显。也许，运动可以在我们的卡里增添一些跳动的数字？也许大病一场将剧烈减少我们的存款？不知道。那么，在不知道自己有多少银两的时候，精打细算就不但是本能，更是澄澈的智慧了。在不知道自己所要购买的愿景和器物有着怎样的高远和昂贵，就一掷千金毅然付出，那才是真正的猛士视金钱如粪土了。

这张卡是朴素的，也是昂贵的。你可以在卡上镶上钻石，那就是你的眼泪和汗珠了。没有白金也没有黄金，如果一定要找到类似的东西，美化我们的借记卡，那只有骨髓的硬度和血液的温度了。

你的借记卡就是你的藏赘。当我们最后驾鹤西行的时候，能带走的唯一物品，是我们空空如也的借记卡。当那个时候，我们回首查询借记卡上一项项的支出，能够莞尔一笑，觉得每一笔支出都事出有因不得不花，并将这笑容实实在在地保持到虚无缥缈间，也就是灵魂的勋章了。

其实，当你吐出最后的呼吸之时，你的借记卡就铿锵粉碎了。但是，且慢，也许在那之后，有人愿意收藏你的借记卡，犹如收藏一枚古钱。

世上有一种伪坦率，最需提防。

他把许多恶毒的计策，摊到桌面上来。他把你对他的疑点，抢先说破，使你自觉心地龌龊，对他不起。他把事件的最坏可能一一预告，反倒让你觉得万无一失……

人们常常有一种善良的错觉，以为只有隐瞒才是欺骗。殊不知最高明的骗术，正是在光天化日之下进行的。

伪坦率是一种更高水准的虚伪，它利用的是一种人们对坦率的信任。

坦率其实不说明更多的问题，它只是把双方的意见公开出来，本身不等同真诚。

人生有无数的岔道，在分歧的路口，多半摆着诱惑。我们常常被物质的光怪陆离耀花了眼睛。

需要在漆黑的静夜想一想，想想我们与生俱来的理想，想想我们将要迈步的台阶，距我们最终的目标是近还是远？

眼睛当然是有用的。但有时闭上眼睛的时候，我们才能更好地倾听心灵的回答。

不负责任的表扬往往比批评还令人难堪。

因为他并没有注意到你的真正长处，仅仅是借此显示个人的风度。当他对你最有好感的时候，都这样疏忽大意，可见你在他心中的位置。

不实的批评，你还有权愤恨。对于不实的表扬，你只有悲哀。

我对赞同我的人，感悟的是他的善意。

我对反对我的人，考察的是他的智慧。

如果在赞同者那里看到的是逢迎，在反对者那里感觉的是愚昧，那么这两种人的意见我都不屑再听。任凭人们议论我的孤僻和不逊，自己并不在意。

懒散在通常的情形下，是不可取的。但懒散的状态有时会使我们浮想联翩，这时的懒散就不是无所用心的思想游缰，而是孕育新状态的热身运动。

有些人无时无刻不在显示他们的重要。高声说话，目光威严地扫射，很喧哗的笑声，不合时宜的服装和故意迟到，甚至不断地在报刊制造耸人听闻的噱头……我总在这些做作的举动之中，发现一种属于恫吓的虚弱和勉力为之的疲倦。

生命是为自己而存在。它是一种朴素而自然的事情，不是在众人之前的杂耍。

拒绝是没有错的，错误的是我们在拒绝前作出的判断。

我们不要害怕拒绝，我们只需要更周密的决断。

比起赞同来，我更欣赏拒绝。

拒绝是一种删繁就简，拒绝是一种举重若轻，拒绝是一种大智若愚，拒绝是一种水落石出。

当利益像万花筒一般使你眼花缭乱之时，你会在混沌之中模糊了视线。尝试一下拒绝吧……

拒绝犹如断臂，带有旧情不再的痛楚。

拒绝犹如狂飙突进，孕育天马行空的独行。

拒绝有时是一首挽歌，回荡袅袅的哀伤。

在北京的名人故居有鲁迅、郭沫若、老舍、宋庆龄……

一位经商的朋友愤愤地说，为什么没有大商人的故居呢？

我想，除了从商这一行的规则，难以令所有的人心悦诚服以外，人们对于他们的故居可看到什么，大概表示乏味。也许可以看到文化，但何必看支流呢？既然源头存在。

所有的商品和文字相比，都是速朽的。

对于现世，人们注重物质。

对于久远，人们更注重精神。

一个人最少需要一种非功利的爱好。

比如爱钓鱼，并不是为了解馋。

爱书法，并不是为了卖钱。

爱跑步，并不是要创世界纪录。

爱跳舞，并不是为了上台表演……

它不仅仅是富裕的精力有所附丽，主要是精神有了种舒展自如的安置和发挥，感受到人生的美好真谛。

一个人的魅力，往往在他退休后看得更清楚。

属于职务的光环被岁月褪去，属于个人的精神光芒焕发出来。这个过程对有的人是苦闷，对有的人是新生。

我渴望衰老，因为生命的苦难。

我知道我生存一天，就要不懈地努力一天。取消所有责任的正当途径只有一条，这就是死亡。

衰老靠近死亡，所以我无所畏惧。

钻石是我们这个星球上最坚硬的物质。那么钻石是靠什么物质来切割打磨它的呢？

答案——靠另一颗钻石。

钻石自己敲打自己，是为了完美。

人类也需要他人不断地敲打。

期望能给人勇气也易引起沮丧，关键在于期望的"值"。期望既不应太少也不能太多，但适中的量很难掌握。

两者比较，若是对自己，我以为还是期望得多一些为好，失败了虽易颓唐，但有时也会激起意想不到的勇气。若是对他人，期望值还是少一些为好，比较少失望和伤害。

"怕"好像历来是个贬义词。怕什么？别怕！天不要怕，地不要怕……好像不怕才是人生的大境界。

其实人的一生总要怕点什么，这就是中国古代说的"相克"。金木水火土，都有所怕的东西。要是不相克，也就没有了相生，宇宙不就乱了套？

惊奇是一种天然，而不是制造出来的。它是真情实感的火花。一块滚圆的鹅卵石，便不再会惊讶江河的波浪。惊奇蕴含着奋进的活力。

世界上有些事情，记住，永不要说。

你不说，就没有任何人知道。

你不知道我不知道，我们永远都不需要知道。不要把错误想得那么分明。不要去讨论那个过程，把它像标本一样在记忆中固定。有些事情不值得总结，忘记它的最好方法就是绝不回头。也许那事情很严重，但最大的改正是永不重复。

对于别人的拒绝，我们有的时候过分看重"理由"这个东西。其实理由并不重要，重要的是它所传递的那个真实而不易表达的目的。

如果我们摔倒了，却不知道是哪块石头绊倒了我们，这难道不是比摔倒更为懊丧的事情吗？

忠厚是无用的别名。无用却不是忠厚的别名，同它的意思近似的有——懒惰、低能、弱智以及弄巧成拙等等。所以忠厚还可训练，无用却几乎是废物了。

人须怕法，那是众人行事的准则。人必须怕天，那是自然界运行的规律。怕是一个大的框架，在这个范畴里，我们可以自由活动。假如突破了它的边缘，就成了无法无天之徒，那是人类的废品。

了解一个人最大的缺点比了解一个人最大的优点更重要。因为忍耐比欣赏要艰难得多。

谣言也有一大用处，当它飞扬的时候，警告某种灾难正在酝酿。

刚富的穷人和刚穷的富人，都比较触目惊心。前者是要做出富过一百年的样子，后者是要做出还将富一百年的样子。

人如果被人利用，一般认为是大不幸。但世上的物要是不能被人利用，这物就是废物，是要被抛弃的。人比物高等，更应该有利用的价值。

自己可以利用自己，别人就不能利用你，是否是一种自私？

不是能否被利用的问题，而是对方利用你的时候，你是否得到了应该有的回报。这是不是带有浓烈的功利色彩?

所以被人利用还不是人生的大不幸。人要是完全无法被人利用,才是最悲哀的。

凡声称自己很少被欺骗的人,也很少相信别人。

信任有时简直就是被欺骗的别名。

有没有两全其美的办法呢? 只有一条,那就是智慧加上训练有素的直觉。

寡闻不一定必是坏事。现代社会信息爆炸,许多时髦的东西还是充耳不闻的好。付出的代价是被人讥笑为落伍,收获的果实是心境的清明。

当那些最勇敢最智慧的人,攀到前所未有的高度时,迎接他们的是严寒与荒凉。

面对纷繁的星空和遥远的黑洞,你踏出高贵而孤独的脚步。

你极有可能走错,湮灭如灰尘。

传送带是不保留探索者的脚印的,它淡然地看着一位位先驱者扑倒,只为成功者留下位置。

宇宙用死亡限制人们的步伐。人类的每一个婴儿降生,都是历史的一次重新开始。智者离开时,卷走了他们没有诉诸文字的所有发现。

历史不记录回声。人的生命是长度固定的锁链,为了对抗死亡,为了在重复学习之余留出创造的空间,只有在每一个生命之环上负载更多希冀与沉重，人类日益变得匆忙和紧张。

我知道了什么叫崇高。它其实是一种发源于恐惧的感情，是一种战胜了恐惧之后的豪迈。

我会在没有人的暗夜，深深检讨自己的缺憾。但我不愿在众目睽睽之下，把自己像次品一般展览。

不要以为普通的小人物就没有尊严。不要以为女人的尊严感天生就薄弱于男人或人类的平均值。不要以为曾经失去过尊严的人就一定不再珍惜尊严。

崇高的侧面可以是平凡，但绝不是卑微。

智慧是划分区域的。从商的智慧是金色的，从政的智慧是血色的，爱情的智慧是无色的，仇恨的智慧是黑色的。没有谁的智慧是万能的，所以人们在一些领域绝顶聪明，在另一个领域混沌不堪。

○ 天使和魔鬼的

较量

　　一天，突然想就天使和魔鬼的数量，做一番民意测验。先问一个小男孩，你说是天使多啊还是魔鬼多？孩子想了想说，天使是那种长着翅膀的小飞人，魔鬼是青面獠牙要下油锅炸的那种吗？我想他脑子中的印象，可能有些中西合璧，天使是外籍的，魔鬼却好像是国产。纠正说，天使就是好神仙，很美丽。魔鬼就是恶魔王，很丑的那种。简单点讲，就是好的和坏的法力无边的人。小男孩严肃地沉默了一会儿，说，我想还是魔鬼多。

　　我穷追不舍问，各有多少呢？

　　孩子回答，我想，有一百个魔鬼，才会有一个天使。

　　于是我知道了，在孩子的眼中，魔和仙的比例是一百比一。

又去问成年的女人。她们说，婴孩生下的时候，都是天使啊。人一天天长大，就是向魔鬼的路上走。魔鬼的坯子在男人里含量更高，魔性就像胡子，随着年纪一天天浓重。中年男人身上，几乎都能找到魔鬼的成分。到了老年，有的人会渐渐善良起来，恢复一点天使的味道。只不过那是一种老天使了，衰老得没有力量的天使。

我又问，你以为魔鬼和天使的数量各有多少呢？

女人们说，要是按时间计算，大约遇到十次魔鬼，才会出现一次天使。天使绝不会太多的。天使聚集的地方，就是天堂了。你看我们周围的世界，像是天堂的模样吗？

在这铁的逻辑面前，我无言以对，只有沉默。于是去问男人，就是那被女人称为魔性最盛的那种壮年男子。他们很爽快地回答，天使吗，多为小孩和女人，全是没有能力的细弱种类，缥缈加上无知。像蚌壳里面的透明软脂，味道鲜美但不堪一击。世界绝不可能都由天使组成，太甜腻太懦弱了。魔鬼一般都是雄性，虽然看起来丑陋，但腾云驾雾，肌力矫健，掌指间呼风唤雨，能量很大。

我说，数量呢？按你的估计，天使和魔鬼，各占世界的多少份额？

男人微笑着说，数量其实是没有用的，要看质量。一个魔鬼，可以让一打天使哭泣。我固执地问下去，数量加质量，总有个综合指数吧？现在几乎一切都可用数字表示，从人体的曲线到原子弹的当量。

男人果决地说，世上肯定有许多天使，但在最终的综合实力上，魔鬼是"一"，天使是"零"。当然，"零"也是一种存在，只不过当它孤立于世的时候，什么也没有，什么也不是。不代表任一，不象征实体。留下的，唯有惨淡和虚无。无论多少个零叠加，都无济于事，圈环相套，徒然撰起一口美丽的黑井，里面蛰伏着天使不再飘逸的裙裾和生满红锈的爱情弓箭。但如果有了"一"挂帅，情境就大不一样了。魔鬼是一匹马，使整个世界向前，天使只是华丽的车轮，它无法开道，只有辚辚地跟随其后，用清晰的车辙掩盖跋涉的马蹄印。后来的人们，指着渐渐淡去的轮痕说，看！这就是历史。

我从这人嘴里，听到了关于天使和魔鬼最悬殊的比例，零和无穷大。

我最后问的是一位老人。他慈祥地说，世上原是没有什么魔鬼和天使之分的，它们是人幻想出来的善和恶的化身。它们的家，就是我们的心。智者早已给过答复，人啊人，一半是天使，一半是魔鬼。

我说，那指的是在某一刻在某一个人身上。我想问的是古往今来，宏观地看，人群中究竟是魔鬼多，还是天使多？假如把所有的人用机器粉碎，离心沉淀，以滤纸过滤，被仪器分离，将那善的因子塑成天使，将那恶的渣滓捏成魔鬼，每一品种都纯正地道，制作精良。将它们壁垒分明地重新排起队来，您以为哪一支队伍蜿蜒得更长？

老人不看我，以老年人的睿智坚定地重复，一半是天使，一半是魔鬼。

不管怎么说，这是在我所有征集到的答案里，对天使数目最乐观的估计——二一添作五。我又去查书，想看看前人对此问题的分析判断。恕我孤陋寡闻，只找到了外国的资料，也许因为"天使"这个词，原本就是舶来。

最早的记录见于公元4世纪。基督教先哲、亚历山大城主教、阿里乌斯教派的反对者圣阿塔纳西曾说过："空中到处都是魔鬼。"

与他同时代的圣马卡里奥称魔鬼："多如黄蜂。"

1467年，阿方索·德·斯皮纳认为当时的魔鬼总数为133316666名。（多么精确！魔鬼的户籍警察真是负责。）

一百年以后，也就是16世纪中叶，约翰·韦耶尔认为魔鬼的数字没有那么多，魔鬼共有666群，每群6666个魔鬼，由66位魔王统治，共有44435622名。

随着中世纪蒙昧时代的结束，关于魔鬼的具体统计数目，就湮灭在科学的霞光里，不再见诸书籍。

那么天使呢？在魔鬼横行的时代，天使的人口是多少？这是问题的关键。

据有关记载，魔鬼数目最鼎盛的15世纪，达到1.3亿时，天使的数目是整整4亿！

我在这数字面前叹息。

人类的历史上，由于知识的蒙昧和神化的想象，曾经在传说中勾勒了无数魔鬼和天使的故事，在迷蒙的臆想中，在贫瘠的物质中，在大自然威力的震慑中，在荒诞和幻想中，天使和魔鬼生息繁衍着，生死搏斗着，留下无数可歌可泣的故事。祖先是幼稚的，也是真诚的。他们对世界的基本判断，仍使今天的我们感到震惊。即使是魔鬼最兴旺发达的时期，天使的人数也是魔鬼的3倍。也就是说，哪怕在最黑暗的日子里，天使依旧占据了这个世界的压倒多数。

当我把魔鬼和天使的统计数据，告诉他人的时候，不知为什么，许多人显出若有所失的样子，疑惑地问，天使，真的曾有75%那么多吗？

我反问道，那你以为天使应该有多少名呢？

他们回答，一直以为世上的魔鬼，肯定要比天使多得多！

为什么我们已习惯撞到魔鬼？为什么普遍认为天使无力？为什么越是对世界一无所知的孩童，越把魔鬼想象为无敌？为什么女人害怕魔鬼，男人乐以魔鬼自居？为什么老境将至时，会在估价中渐渐增加天使的数目？为什么当科学昌明，人类从未有过的强大以后，知道了世上本无魔鬼和天使，反倒在善与恶的问题上，大踏步地倒退，丧失了对世间美好事物的向往与信赖？

把魔鬼的力气、智慧、出现的频率和它们掌握的符咒，以及一切威力无穷的魑魅魍魉手段，整合在一起，我相信那一定是规模天文的数字。但人类没有理由悲观，要永远相信天使的力量。哪怕是单兵教练的时候，一名天使打败不了一个魔鬼，但请不要忘记，天使的数目，比起魔鬼来占了压倒优势，团结就是力量。如果说普通人的团结都可点土成金，天使们的合力，一定更具有斗转星移的神功。

感谢祖上遗留给我们的宝贵遗产，天使的基数比魔鬼多。推断下来，天使的力量与日俱增，也一定比魔鬼大。这种优势，哪怕是只多出一个百分点，也是签发给人类光明与快乐的保证书。反过来说，魔鬼在历史的进程中，也必定是一直居着下风。否则的话，假如魔鬼多于天使，加上不搞计划生育，它们苔藓一样蔓延，摩肩接踵，群魔乱舞，人间早成地狱。人类一天天前进着，这就是天使曾经胜利和继续胜利的可靠证据。更不消说，天使有时只需一个微笑，就会让整座魔鬼的宫殿坍塌。

○ 孝心

无价

　　我不喜欢一个苦孩求学的故事。家庭十分困难，父亲逝去，弟妹嗷嗷待哺，可他大学毕业后，还要坚持读研究生，母亲只有去卖血……我以为那是一个自私的学子。求学的路很漫长，一生一世的事业，何必太在意几年蹉跎？况且这时间的分分秒秒都苦涩无比，需用母亲的鲜血灌溉！一个连母亲都无法挚爱的人，还能指望他会爱谁？把自己的利益放在至高无上位置的人，怎能成为为人类献身的大师？我也不喜欢父母重病在床，断然离去的游子，无论你有多少理由。地球离了谁都照样转动，不必将个人的力量夸大到不可思议的程度。在一位老人行将就木的时候，将他对人世间最后的期冀斩断，以绝望之心在寂寞中远行，那是对生命的大不敬。

我相信每一个赤诚忠厚的孩子，都曾在心底向父母许下"孝"的宏愿，相信来日方长，相信水到渠成，相信自己必有功成名就衣锦还乡的那一天，可以从容尽孝。

可惜人们忘了，忘了时间的残酷，忘了人生的短暂，忘了世上有永远无法报答的恩情，忘了生命本身有不堪一击的脆弱。

父母走了，带着对我们深深的挂念。父母走了，遗留给我们永无偿还的心情。你就永远无以言孝。

有一些事情，我们年轻的时候无法懂得。当我们懂得的时候，已不再年轻。世上有些东西可以弥补，有些东西永无弥补。

"孝"是稍纵即逝的眷恋，"孝"是无法重现的幸福。"孝"是一失足成千古恨的往事，"孝"是生命与生命交接处的链条，一旦断裂，永无连接。

赶快为你的父母尽一份孝心。也许是一处豪宅，也许是一片砖瓦；也许是大洋彼岸的一只鸿雁，也许是近在咫尺的一个口信；也许是一顶纯黑的博士帽，也许是作业簿上的一个红五分；也许是一桌山珍海味，也许是一只野果一朵小花；也许是花团锦簇的盛世华衣，也许是一双洁净的旧鞋；也许是数以万计的金钱，也许只是含着体温的一枚硬币……但"孝"的天平上，它们等值。

只是，天下的儿女们，一定要抓紧啊，趁你父母健在的光阴！

Wan
An

暴雨筛

　　南方的女友讲过这样一个故事：

　　我35岁的时候，考上了一所夜大。每天下班后，要穿越五条街道去读书。一天傍晚，台风突然来了，暴雨像牛仔的皮带一样宽，翻卷着抽打天地。老师还会不会上课呢？我拿不准。那时，电话还不普及，打探不到确实的消息。考虑了片刻，我穿上雨衣，又撑开一把伞，双重保险之下冲出屋门。风雨中，伞立刻被劈开，成了几块碎布。雨衣阴险地背叛了我，涨鼓如帆，拼命要裹挟我去雨中。我只有扔了雨衣，连滚带爬。渺无人迹的城市中，我惊惶地想到，是不是只有我一个人这样傻？也许今天根本就不上课？

　　我迟疑了片刻，但咬紧牙，继续向前。好不容易到了学校，贴身的衣服已像海带一般冷硬，牙齿像上了发条似的打颤。没想到看门的老人说，从老师到学生，除了你，没有一个人来！

　　那一瞬，我非常绝望，不单是极端的辛苦化为泡沫，更有无穷的委屈和沮丧。

　　老人看我失魂落魄的样子，让我进他的小屋歇口气。喝着他沏的热茶，我心灰意冷。伴着窗外瀑布般的水龙，老人缓缓地说，你以后会有大出息。我说，我是一个大傻瓜啊。

　　他说，所有学生里，只有你一个人来上学了。看，暴雨是一个筛子，胆小的、思前想后的，都被它筛下去了，留下了最有胆量和最不怕吃苦的人。

　　那一瞬，好似空中打了一个闪电，我的心被照得雪亮。也许我不是三千学生当中最聪明的，但今晚的暴雨让我知道了，我是三千学生中最有胆量和毅力的人。

　　从那以后，我就多了自信。你晓得，天地万物都会齐来帮助一个自信的人。所以，我就一步步地有了今天的成功。

　　我说，那位老人，是你人生最重要的导师之一啊。

○ 美容师的

Wan
An

作品

　　一家很有名的制造商，产品包括服装、化妆品和无数精美的饰品。一天，商家召开盛大的产品推销会，其中最有趣的项目是——造就绅士。他们聘用的高级美容师，从城市最肮脏的角落，找到了一个身材高大的流浪汉，他衣衫褴褛、面容晦暗。美容师先给他拍了照片，存档以观后效，接着便用芬芳的洗液为他冲沐理发，用名牌剃须刀给他刮胡子，敷上一层又一层含有药物成分的润肤品、面霜和眼霜……打理清洁后，根据他的身高和肤色，选配了最适宜的衬衣、西装、领带，甚至还有一柄很棒的手杖和一顶昂贵的帽子……

　　于是，众目睽睽之下，这个穷困潦倒、颓败至极的莽汉，被商家的产品包装一新，成了仪表堂堂的绅士，在场的人叹为观止，公司的销售额飙升。

会后，某个经理决定雇用这名容光焕发的绅士，约他第二天早晨报到。绅士点头答应了。但是，第二天早上，绅士没有来。经理决定耐心等下去，第三天、第四天……绅士还是没来。经理就去流浪汉聚集的地方找，终于找到了他。

绅士脸上长出了白而短的乱须，身上散发着恶浊的气味，西服、领带以及华美的帽子全不见了，或许被他换了酒喝。此刻他醉醺醺地躺在垃圾箱旁，只有那柄手杖还枕在头下。

经理把他叫醒，说，美容师改变了你的外貌，但是他们没有改变你的内心。所以，你还是你啊。现在，你乐意跟我走吗？

流浪汉站起身，跟着经理走了。后来，他终于从里到外成了新人。

改变一个人的外貌，也许几个小时就够了。美容师没有错。但改变一个人的精神，绝不是化妆品和纺织品能够胜任的。只有劳动和信仰，才能真正改变我们。

○ 所有的动力都来自
内心的沸腾

　　一个人躺在地上，如果他不想起来，那么十个人也拉不起他来，即使起来了也马上会趴下。所有的动力都来自内心的沸腾。如果你做不到一件事，无论是搞好关系，还是寻找爱人，还是减肥，都是因为你还没有真正想做。

　　这是一个很有意思的心理小游戏。来，纠集起十来个人，然后找一个人来扮演那个躺在地上的人，不用找体重特别沉的，那样容易影响咱们这个游戏的真实感。请这位朋友赖在地上，大家用尽全力把他拽起来……

　　我见过三十来个人都拉不起一个人的。我本来在上文中想写这个数字，但又怕大家觉得太夸张了，就写了十来个人，这是千真万确的。只要你不想起来，没有人能把你拉起来。心理上的问题也是一样，只要你没有想通，只要你不是真的心服口服，那么所有外界的努力都是劳而无功的。

女子当了妈妈，对待自己的孩子时，要记得这个游戏。他虽然小，也有自己的独立意志，你要把道理给他讲清楚，而且要让他明白这样做的目的是什么，有人会觉得孩子还小，没必要讲那么多。可是，成长是一个逐渐发生的过程，你不能在一颗幼小的心里，种下强权的种子，以理服人而不是以力服人，这是要从小就养成的习惯。

你举目四望，很容易就能发现：很多人的生理和生物上的需求得到了满足，但他们仍然不满意，奔突不止，躁动不安，缺少一种能使他变得生机勃勃的动力，缺乏稳定祥和。像这样缺乏主动性的生活，无论表面上多么风光，都是不值得羡慕的。

那种使自己变得生机勃勃的动力是什么呢？谁来回答你呢？谁来帮你寻找呢？谁为你一锤定音？没有别人，只有你自己。只有当理想的光芒照耀着我们，而且它和广大人群的福祉相连，我们才会有大的安宁和勇气。

你可曾体会种子的疼痛？那种挣开包裹自己的硬壳，顶出板结的土壤的苦难，对一粒柔弱的芽来说，可说是顶天立地的壮举。一个人觉醒时的力量，应该大于一颗种子啊！

有些人把梦想变成现实，有些人把现实变成了梦想。关键是，你的梦想是什么？你为你的梦想做了什么？有梦想就不会寂寞，当你寂寞的时候，只要招招手，你的梦想就飞到了身边。剩下的事，就是琢磨怎样把梦想变成行动了。

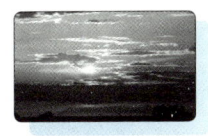

○ 幸福的

七种颜色

幸福应该有多少种颜色呢？

"说不清。"我回答。

大家听了可能有点迷糊，说："你自己既然不知道，为什么又曾说过幸福有七种颜色呢？"

在文化中，"七"这个数字有一点古怪。

欧洲人自古以来就格外钟情于"七"这个数字。最早的源头该是古希腊人，许多巧合都和"七"有关。希腊人认为自然界是由水、火、风、土四种元素组成的，而社会的基本细胞是家庭。把完整的家庭细分，是由父亲、母亲和孩子三方组成。再做一次加法，把自然和社会组成的世界统计一下，就有七种基本元素。

古希腊人酷爱加法，认为世界的基本图形是正方形、三角形以及完美的圆形，毕达哥拉斯学派就是这一主张的坚定拥趸。你劳神把这些圆形的角的数量加起来，哈！也是七。由于太多的东西和神秘的数字七有关，他们造七座坛、献七份祭、行七次叩拜之礼，什么都爱凑个七字。"七大主教""七大美德"，连罪也要数到"七宗罪"。当然，最著名的是神也喜欢七，于是一个星期是七天，第七天你可以休息。

七在佛教里面也是吉祥之数，有七宝、七层浮屠等。中华文化对七也颇有好感，《说文》里面说："七，阳之正。"这个七啊，常为泛指，表明多的意思，又神秘又空灵。

托尔斯泰老人家说，幸福的家庭都是相似的，唯有不幸的家庭，各有各的不幸。我当过多年的心理医生，觉得不幸的家庭都是相似的，唯有幸福的家庭却各有各的不同。

你可能说，这不是成心和托尔斯泰抬杠嘛！我还没有落到那种无事生非的地步。你想啊，只有香甜的味道，才可反复品尝，才能添加更多的美味在其中，让味蕾快乐起舞。比如椰蓉，比如可可，比如奶油……丰富的层次会让你觉得生活美好万象更新。如果那底味已是巨咸、巨苦、巨涩，任你再搁进多少冰糖多少香料都顷刻消解，那难耐难忍的味道依然所向披靡，让你除了干呕，再无良策。

早年间我当兵在西藏阿里，冬天大雪封山，零下几十度的严寒，断绝了一切和外界的联系。我们每日除了工作，就是望着雪山冰川发呆。有一天，闲坐的女孩子们突然争论起来，求证一片黄连素的苦，可以平衡多少葡萄糖的甜，由此可见，我们已多么百无聊赖。一派说，大约500毫升5%的葡萄糖就可以中和苦味了。另外一派说，估计不灵。500毫升葡萄糖是可以的，只是浓度要提高，起码提到10%，甚至25%……争执不下，最后决定实地测查。那时候，我们是卫生员，葡萄糖和黄连素乃手到擒来之物，说试就试。方案很简单，把一片黄连素用药钵细细磨碎了，先泡在浓度为5%的葡萄糖水里，大家分别来尝尝，若是不苦了，就算找到答案了。要是还苦，就继续向溶液里添加高浓度的葡萄糖，直到不苦了为止，然后计算比例。临到实验开始，我突然有些许不安。虽然小女兵们利用工作之便，搞到这两种药品都不费吹灰之力，但藏北到内地，山路迢迢，关山重重，物品运送到阿里不容易啊，不应这样为了自己的好奇暴殄天物。黄连碎末混入到葡萄糖液里，整整一瓶原本可以输入血管救死扶伤的营养液就报废了。至于黄连素，虽不是特别宝贵的东西，能省也省着点吧。我说："咱缩减一下量，黄连素只用四分之一片，葡萄糖液也只用四分之一瓶，行不行呢？"

我是班长，大家挺尊重我的意见的，说："好啊。"有人想起前两天有一瓶葡萄糖，里面漂了个小黑点，不知道是什么杂物，不敢输入病人身体里面，现在用来做苦甜之战的试验品，也算废物利用了。

试验开始。四分之一片没有包裹糖衣的黄连素被碾成粉末（记得操作这一步骤的时候，搅动得四周空气都是苦的），兑到125毫升浓度为5%的葡萄糖水中。那个最先提出以这个浓度就可消解黄连之苦的女孩率先用舌头舔了舔已经变成黄色的液体。她是这一比例的倡导者，大家怕她就算觉得微苦，也要装出不苦的样子，损害试验的公正性，将信将疑地盯着她的脸色。没想到她大口吐着唾沫，连连叫着："苦死了，你们千万不要来试，赶紧往里面兑糖……"我们为自己"以小人之心度君子之腹"感到羞惭，拿起高浓度的糖就往黄水里倒，然后又推举一个人来尝。这回试验者不停地咳嗽，咧着嘴巴吐着舌头说："太苦了，啥都别说了，兑糖吧……"那一天，循环往复的场景就是女孩子们不断地往小半瓶微黄的液体里兑着葡萄糖，然后伸出舌头来舔，顷刻抽搐着脸，大叫："苦啊苦啊……"

直到糖水已经浓到了几乎要拉出黏丝，那液体还是只需一滴就会苦得让人打战。试验到此被迫告停，好奇的女兵们到底也没有求证出多少葡萄糖能够中和黄连的苦味。大家意犹未尽，又试着把整片的黄连泡进剩下的半瓶里去，趁着黄连还没有融化，一口吞下，看看结果如何。这一次，很快得到证明，没有融化的黄连之苦，还是可以忍受的。

把这个试验一步步说出来，真是无聊至极。不过，它也让我体会到，即使你一生中一定会邂逅黄连，比如生活强有力地非要赐予你极困窘的境遇，比如你遭逢危及生命的重患必得要用黄连解救，比如……你都可以毫不惧色地吞咽黄连。毕竟，黄连是一味良药啊！只是，千万不要人为地将黄连碾碎，再细细品尝，敝帚自珍地长久回味。太多的人习惯珍藏苦难，甚至以此自傲和自虐，这种对苦难的持久迷恋和品尝，会毒化你的器官，会损伤你对美好生活的精细体察，还会让你歧视没有经受过苦难的人。这些就是苦难的副作用。苦的力量比甜的力量要强大得多，不要把黄连碾碎，不要让它嵌入我们的生活。

只要你认真寻找，幸福比比皆是。幸福不是一种颜色，也不是七种颜色，甚至也不是一百种颜色……幸福比所有这些的相加还要多，幸福是无限的。

○ 感动是一种
能力

Wan
An

　　感动在词典上的意思是——"思想感情受外界事物的影响而激动，引得同情或向慕。"虽然我对这本词典抱有崇高的敬意，依然认为这种说法不够精准，甚至有点词不达意。难道感动是如此狭窄，只能将我们引向同情或是向慕的小道吗？这对"感动"来说，似乎不全面不公平吧？感动比这要丰饶得多，辽阔得多，深邃得多啊。

　　感动最望文生义最平直的解释就是——感情动起来了。你的眼睛会蒸腾出温热的霞光，你的听觉会察觉远古的微响，你的内心像有一只毛茸茸的小松鼠越过，它纤细而奔跑的影子惊扰你思维的树叶久久还在摇曳。你的手会不由自主地出汗，好像无意中

也许有一天，我们也在无意间成了感动的小小源头，

淙淙地流向了另一双渴望感动的眼眸。

捡到了天堂的房卡，你的足弓会轻轻地弹起，似乎想如赤脚的祖先一般迅跑在高原……

感动的来源是我们的感官，眼耳鼻舌身加上触觉和压觉。如果封闭了我们的感官，就戮杀了感动的根，当然也就看不到感动的花和感动的果了。感官是一群懒惰的小精灵，同样的事物经历多了，感官就麻痹松懈了。现代社会五光十色瞬息万变，感官更像被塞进太多脂肪的孩子，变得厌食和疲沓。如今人渐渐丧失了感动的能力，感动闪现的瞬间越来越短，感动扩散的涟漪越来越淡。因为稀缺，感动变成了奢侈品。很多人无法享受感动，于是他们反过来讥讽感动，诮笑感动，把感动和理性对立起来，将感动打入盲目和幼稚的泥沼之中。

感动是一种幸福。在物欲横流的尘垢中，顽强闪现着钻石的瑰彩。当我们为古树下的一株小草决不自惭形秽，而是昂首挺胸成长而感动的时刻，其实我们想到的是人的尊严。我上小学的时候，在一次考试中，得到了有生以来最差的分数。万念俱灰之时，我看到一只蜘蛛锲而不舍地在织补它残破的网。它已经失败了三次，一次是因为风，一次是因为比它的网要凶猛百倍的鸟，第三次是因为我恶作剧的手。蜘蛛把它的破坏者感动了，风改了道，鸟儿不再飞过，我把百无聊赖的手握成了拳。我知道自己可以如同它那样，用努力和坚忍弥补天灾人祸，重新纺出梦想。我也曾在藏北高原仰望浩渺星空而泪流满面，一种博大的感动类似天毯，自九天而下裹挟全身。银河如此浩瀚，在我浅淡生命之前无数年代，它们就已存在，在我生命之后无数年代，它们也依然存在。那么，我的存在又有什么意义呢？在这个惶然的瞬间，我被存在而感动，决心要对得起这稍纵即逝的生命。

我喜欢常常感动的女人，不论那感动我们的起因，是一瓣花还是一滴水，是一个旋动的笑颜还是一缕苍老的白发，是一本举足轻重的证书还是片言只语的旧笺……引发感动的导火索，也许举不胜举，可以有形，也可以是无所不在的氛围和若隐若现的天籁。感动可以骑着任何颜色的羽毛，在清晨或是深夜，不打招呼地就进入了心灵的客厅，在那里和我们的灵魂倾谈。

珍惜我们的感动，就是珍惜了生命的零件。在感动中我们耳濡目染，不由自主地逼近那些曾经感动过我们的灵魂。也许有一天，我们也在无意间成了感动的小小源头，淙淙地流向了另一双渴望感动的眼眸。

○ 路远

Wan
An

不胜金

　　有一天，我先生对我说，以前结婚的时候，也没送过你什么礼物。现在我补送你一个金戒指吧。

　　我说，心意领了。但金器我是不要的。

　　先生笑了，说你肯定是舍不得钱。其实买金很合算，戴在手上，是件装饰品，除了好看，本身的价值也还在。不喜欢这个样式了，还可以打成新的样子。你为什么不喜欢？

　　我说，我算的是另一笔账啊。

　　他很感兴趣，让我说个明白。

　　我说，我是一个劳动妇女，戴了金，干起活来就不方便了。俗话说，远路无轻载。先生就笑了，说，你以为我会给你买一个多么沉重的金镏子？想得美。我们只能买个金戒指，不过几克重。

我说，你听我说。我每天伏在桌前，不辨晨昏地写作。在电脑上敲出一个字，最少要击键两次。就算这个戒指五克重吧，手起手落，一个字就要多耗十克的重量。天长日久地下来，就不是一个小数目。假设我要写一部百万字的长篇小说，这小小的戒指就化为十吨的金坨，缀在手指的关节上，该是多么大的负担！要做的事情太多，路远不胜金。

先生说，要不我们买一条金项链，你写作的时候脖子总是不动的。

我说，我不喜欢项链的形状，它是锁链的一种。我崇尚简洁和自由，觉得美的极致就是自然。再说，我多年前就被X光判了颈椎增生，实在不忍再给沉重如铅的脖子增加负担。

先生叹了口气说，作为一个女人，你浑身上下没有一克金，真的不遗憾？

我说，我有许多遗憾的事情，比如文章写得不漂亮，做饭的手艺不精良，一坐车就头晕，永远也织不出一件合身的毛衣……但对金子这件事不遗憾。

先生说，你这是反潮流。

我说，不是反潮流，实在是无所谓。金是什么？不就是地球上的一种不算太少也不算太多的金属吗？有了这种金属就象征你高贵，没有这种金属就注定卑贱吗？这颗星球上还有很多种稀有金属，比如铂，比如铑，比如能造原子弹的铀和镭……都比金昂贵得多。我们不可能把所有的金属都披挂在身，金属除了它在工业上的用途，并不代表更多的含意。如果你喜欢，你就佩戴好了，就像乡下的女孩在春天里，把一枝野花簪在发梢。如果你因了种种的缘故，没有一克金，那也没有什么可怯懦的，依然可以挺直腰杆，快快乐乐地生活。

○ 谁是你的

Wan
An

重要他人

    她是我的音乐老师，那时很年轻，梳着长长的大辫子，有两个很深的酒窝，笑起来十分清丽。当然，她生气的时候酒窝隐没，脸绷得像一块苏打饼干，很是严厉。那时我大约十一岁，个子长得很高，是大队委员。

    学校组织"红五月"歌咏比赛，最被看好的是男女声小合唱，音乐老师亲任指挥。我很荣幸被选中。有一天练歌的时候，长辫子音乐老师突然把指挥棒一丢，一个箭步从台上跳下来，侧着耳朵，走到队伍里，歪着脖子听我们唱歌。大家一看老师这么重视，唱得就格外起劲。

    长辫子老师铁青着脸转了一圈，最后走到我面前，做了一个斩钉截铁的手势，整个队伍瞬间安静下来。她叉着腰，一字一顿地说，毕淑敏，我在指挥台上总听到一个人跑调，不知是谁，现在总算找出来了，原来就是你！一颗老鼠屎坏了一锅汤！现在，我把你除名了！

我木木地站在那里，无法接受这突如其来的打击。刚才老师在我身边停留得格外久，我还以为她欣赏我的歌喉，唱得分外起劲，不想却被抓了个"现行"。我灰溜溜地挪出队伍，羞愧难当地走出教室。

三天后，我正在操场上练球，小合唱队的一个女生气喘吁吁地跑过来说，毕淑敏，原来你在这里！音乐老师到处找你呢！

从操场到音乐教室那几分钟路程，我内心充满了幸福和憧憬。走到音乐教室，长辫子老师不耐烦地说，你小小年纪，怎么就长了这么高的个子？

我听出话中的谴责之意，不由自主地就弓了身子塌了腰。从此，这个姿势贯穿了我整个小学和青年时代。

老师的怒气显然还没发泄完，她说，你个子这么高，唱歌的时候得站在队伍中间，你跑调走了，我还得让另外一个男生也下去，队列才平衡。小合唱本来就没有几个人，队伍一下子短了半截，这还怎么唱？现找这么高个子的女生，合上大家的节奏，哪有那么容易？现在，只剩下最后一个法子……

长辫子老师站起来，脸绷得好似新纳好的鞋底。她说，毕淑敏，你听好，你人可以回到队伍里，但要记住，从现在开始，你只能干张嘴，绝不可以发出任何声音！说完，她还害怕我领会不到位，伸出细长的食指，笔直地挡在我的嘴唇间。

我好半天才明白了长辫子老师的禁令——让我做一个只张嘴不出声的木头人。我的泪水憋在眼眶里打转，却不敢流出来。我没有勇气对长辫子老师说，如果做傀儡，我就退出小合唱队。在无言的委屈中，我默默地站到了队伍之中，从此随着器乐的节奏，口形翕动，却不能发出任何声音。长辫子老师还是不放心，只要一听到不和谐音，锥子般的目光第一个就刺到我身上……

小合唱在"红五月"歌咏比赛中拿了很好的名次，只是我从此遗下再不能唱歌的毛病。毕业的时候，音乐老师已经换人，并不知道这段往事，很是奇怪。我含着泪说，老师，不是我不想唱，是我真的唱不出来。

后来，我报考北京外国语学院附中，口试的时候，又有一条考唱歌。我非常决绝地对主考官说，我不会唱歌。

在以后十几年的岁月中，长辫子老师竖起的食指，如同一道符咒，锁住了我的咽喉。禁令铺张蔓延，到了凡是需要用嗓子的时候，我就忐忑不安，逃避退缩。我不但再也没有唱过歌，就连当众演讲和出席会议做必要的发言，我也是能躲就躲，找出种种理由推脱搪塞。有时在会场上，眼看要轮到自己发言了，我会找借口上洗手间逃溜出去。有人以为这是我的倨傲和轻慢，甚至以为是失礼，只有我自己才知道，是内心深处不可言喻的恐惧和哀痛在作祟。

直到有一天，我在做"谁是你重要他人"这个游戏时，写下了一系列对我有重要影响的人物之后，脑海中不由自主地浮现出了长辫子音乐老师那有着美丽的酒窝却像铁板一样森严的面孔，一阵战栗滚过心头。于是我知道了，她是我的"重要他人"。虽然我已忘却了她的名字，虽然今天的我以一个成人的智力，已能明白她当时的用意和苦衷，但我无法抹去她在一个少女心中留下的惨痛记忆。烙红的伤痕直到数十年后依然冒着焦煳的青烟。

我们的某些性格和反应模式，由于这些"重要他人"的影响而被打上了深深的烙印。那时你还小，你受了伤，那不是你的错。但你的伤口至今还在流血，你却要自己想法子包扎。如果冒着污浊的气味，还对你的今天、明天继续发挥着强烈的影响，那是因为你仍在听之任之。童年的记忆无法改写，但对一个成年人来说，却可以循着"重要他人"这条缆绳重新梳理，重新审视我们的规则和模式。如果它是合理的，就把它变成金色的风帆，成为理智的一部分；如果它是晦暗的荆棘，就用成年人有力的双手把它粉碎。

当我把这一切想清楚之后，好像有热风从脚底升起，我的咽喉处的冰霜噼噼啪啪地裂开了。一个轻松畅快的我，从符咒之下解放了出来。从那一天开始，我可以唱歌了，也可以面对众人讲话而不胆战心惊了。从那一天开始，我宽恕了我的长辫子老师，并把这段经历讲给其他老师听，希望他们谨慎小心地面对孩子稚弱的心灵。童年时被烙下的负面情感，是难以简单地用时间的橡皮轻易擦去的。

○ 研究

Wan
An

真诚

过了国庆，过了中秋节，心理学研究生班课堂，大家有一种久别重逢的亲切感，掺着节后的倦怠。

老师让大家谈谈过节的感受。冷了一会儿场，不知道大家是怎么想的，我的感觉是很突兀。我们习惯于默默无闻地过节，被人猛地一问，有些不知所措。

零星有人举手，大概是怕老师尴尬吧。先回答的人，都说节无新意，有的简直可以说在叹息——过节就是过节呗，和以往的节没啥不同的……节很累，系上围裙炒菜，解了围裙洗衣，节是给别人过的。

老师微笑说："'节是谁的'这话倒是很有点意思的，留待我们以后再详加讨论，我们还是说这个节日吧。我有些奇怪的是，为什么中秋节①不放假呢？这是一个仅次于春节的大节日啊！节日要过得有趣才有纪念意义。比如我认识的一家人，过节也不给小孩子买新衣服，也不吃好东西，这样的节日真是过不过的没什么差别了。"

大家就笑起来。

一笑，气氛就活跃些了，有同学小声说："过节我回家了，可是在家里待着，好像没有在同学们之间舒服。"

这话引起了一些人心底的共鸣。因为在这个班级里，充满了温暖的气氛，但外面的世界依旧沿着落满灰尘的轨道盘旋，于是我们成了在两个世界间游走的贝壳，冷暖自知，难以言说。

今天的正课是研究"真诚"。这是一个古老的话题了，但近年来受到了大挑战，"真诚"成了"愚蠢"的代名词。

我个人很喜欢"真诚"这个词，喜欢它的光明和干净。

词是有自己的属性的，比如"猥琐"一词，你一看到它，就觉得自己身上发霉、糊满蟑螂。"甜蜜"这个词则让人好似被蜂王浆噎了一嗓子，甜得憋气。"真诚"有一种岩石般的纹理和坚定，不风化，不流失，不油腻，爽洁清晰，反射着钢蓝色的金属光泽。

焦点集中在——真诚是一种方式还是一种境界？真诚有没有

---

① 从2007年开始我国中秋节作为法定节假日，2008年正式实施。

层次的分别？

有同学问了老师一个极富挑战性的问题——您是很真诚的，但有没有人说过您虚伪？在当代大学生里，好像流行着一种说法，真诚是一种更狡猾的虚伪。

课堂内一时很寂静。我看到老师的眸子快速向右上方移动，知道她在郑重思考。片刻之后，老师说："没有，没有人说过我虚伪。起码是当面没有人这样说。至于背后是怎么说的，我不知道。它不在我的关心范围之内。"

老师启发道："一个小孩子，对一个成人说，你身上真臭啊。然后又对别人说，那个阿姨身上有一种臭味。这事真不真呢？肯定是真的，但这是一种低级水平的真诚。真诚是有讲究的。"

我举手，获准后发言。我说，我喜爱真诚。我的很多朋友也这样评价我。很多人用他们自己的视角来看世界，以为凡是真诚的人就无法幸福地生活，必然会被世俗的车轮碾得粉身碎骨，即使不粉身碎骨也遍体鳞伤，甚至顺水推舟，演变成因为你事业成功和家庭完整，又有良好的人际关系，所以你必然是虚伪的。

我以为，真诚是一种勇敢坦诚的生活态度，它是我们思想和行动的出发点和归宿。真诚不虚张声势、狐假虎威。它似乎因清澈透明而软弱无力，但它其实是强韧而富有弹性的，使我们简洁明快、干爽清正。

　　真诚是一门艺术，有一个执行的秩序，这就是真善美。真诚可以分解为真实和坦诚，它本身是很有力量的，起码比虚伪有力量，不怕对证盘查，经得起推敲和考验⋯⋯

　　但仅仅有真实是很不够的。真实的出发点可以是完全不考虑他人的感受、不看全局、不从长远出发，单纯的真实使用不当，会具有事与愿违的杀伤力。加上了"善"这个缰绳，真就升华了，不再是真，而有了一种更全面更伟大的品格。至于"美"，我觉得是怎样更精彩地表达我们的真实。一种长袖善舞，一种大象无形⋯⋯

　　教室内一时鸦雀无声。我从这种寂静中，感到声援和赞成。

　　老师总结道："真诚是有层次的，可以分成建设性的和破坏性的两种。愿每个人从此更多更丰富地向这个并不美好的世界，贡献我们建设性的真诚。"

○ 今世的五百次

回眸

　　佛说，前世的五百次回眸，才换来今生的擦肩而过。我顿生气馁，这辈子是没得指望了。和谁路遇和谁接踵，和谁相亲和谁反目，都是命定，挣扎不出。特别想到我今世从医，和无数病患咫尺对视。若干垂危之人，我手经治，每日查房问询，执腕把脉，相互间凝望的频率更是不可胜数，如有来世，将必定与他们相逢，赖不脱躲不掉的。于是这一部分只有作罢，认了就是。但尚余一部分，却留了可以掌握的机缘。一些愿望，如果今生屡屡瞩目，就埋了一个下辈子擦肩而过的伏笔，待到日后便可再接再厉地追索和厮守。

　　今世，我将用余生五百次眺望高山。我始终认为高山是地球上最无遮掩的奇迹。一个浑圆的球，有不屈的坚硬的骨骼隆起，离太阳更近，离平原更远，它是这颗星球最勇敢最孤独的犄角。它经历了最残酷的折叠，也赢得了最高耸的荣誉。它有诞生也有消亡，它将被飓风抚平，它将被酸雨冲刷，它将把溃败的肌体化为肥沃的土地，它将在柔和的平坦中温习伟大。我不喜欢任何关于征服高山的言论，以为那是人的菲薄和短视。真正的高山不可能被征服的，它只是在某一个瞬间，宽容地接纳了登山者，让你在他头顶歇息片刻，给你一窥真颜的恩赐。如同一只鸟在树梢啼叫，它敢说自己把大树征服了吗？山的存在，让我们永葆谦逊和恭敬的姿态，知道在这个世界上，有一些事物必须仰视。

今生，我将用余生一千次不倦地凝望绿色。我少年戍边，有十年的时间面对的是皑皑冰雪，看到绿色的时间已经比他人少了许多。若是因为这份不属于我选择的怠慢，罚我下辈子少见绿色，岂不冤枉死了？记得在千百个与绿色隔绝的日子之后，我下了喀喇昆仑山，在新疆叶城突然看到辽阔的幽深绿色之后，第一反应竟是悚然，震惊中紧闭了双眼，如同看到密集的闪电。眼神荒疏了忘却了这人间最滋润的色彩，以为是虚妄的梦境。就在那一瞬，我皈依了绿色。这是最美丽的归宿，有了它，生命才得以繁衍和兴旺。常常听到说地球上的绿地到了×××年就全部沙化了，那是多么恐怖的期限。为了人类的长盛不衰，我以目光持久地祷告。

　　今生，我将一万次目不转睛地注视人群。如果有来生，我期望还将成为他们之中的一员，而不是其他的什么动物或是植物。尽管我知道人类有那么多可怕的弱点和缺陷，我还是为这个物种的智慧和勇敢而赞叹。我做过一次人类了，我知道了怎样才能更好地做人。做人是一门长久的功课，当我们刚刚学会了最初的运算，教科书就被合上。卷子才答了一半，交卷的铃声就响了，岂不遗憾？

　　把自己喜欢的事一一想来，我还要看海看花，看健美的运动员，看睿智的科学家，看慈祥的老人和欢快的少女，当然还有无邪的小童，突然就笑了。想我这余生，也不用干其他的事了，每天就在窗前屋后呆呆地看山看树看人群吧，以求个来世的擦肩而过。这样一路地看下去，来世的愿望不知能否得逞，今生的时光可就白白荒废了。于是决定，从此不再东张西望，只心定如水，把握当前。

　　不为虚渺的擦肩而过，而把余生定格在回眸之中。喜欢山所表达的精神，就游历和瞻仰山的英拔和广博，期望自己也变得如此坚强。喜欢绿色和生命，喜爱人的丰饶和宝贵，就爱惜资源，尊重自己也尊重他人。

○谎言

三叶草

Wan
An

　　人总是要说谎的，谁要是说自己不说谎，这就是一个彻头彻尾的谎言。

　　有的人一生都在说谎，他的存在就是一个谎言。世界是由真实的材料构成的，谎言像泡沫一样浮在表面，时间使它消耗殆尽，就好像从来没有存在过似的。

　　有的人偶尔说谎，除了他自己，没有人知道这是一个谎言。谎言在某些时候表达的只是说话人的善良愿望，只要不害人，说说也无妨。

　　对谎言刻骨铭心的印象可以追溯很远。小的时候在幼儿园，每天游戏时有一个节目，就是小朋友说自己家里有什么玩具。

一个说："我家有会说话的玩具青蛙。"那时我们只见过上了弦会蹦的铁皮蛤蟆，小小的心眼一算计，大人们既然能造出会跑的动物，应该也能让它叫唤，就都信了。又一个小朋友说："我家有一个玩具火车，像一间房子那样长……"我呆呆地看着那个男孩，前一天我才到他们家玩过，绝没有看到那么庞大的火车……我本来是可以拆穿这个谎言的，但是看到大家那么兴奋地注视着说谎者，就不由自主地说："我们家也有一列玩具火车，像操场那么大……"

"哇！哇！那么长的火车？多好啊！"小伙伴齐声赞叹。

"那你明天把它带到幼儿园里让我们看看好了。"那个男孩沉着地说。

"好啊！好啊！"大家欢呼雀跃。

我幼小身体里的血液一下凝住了。天啊，我到哪里去找那么宏伟的玩具火车？也许世界上根本就没有造出来！

我看着那个男孩，我从他小小的褐色眼珠里读出了期望。

他为什么会这么有兴趣？依我们小小的年纪，还完全不懂得落井下石……想啊想，我终于明白了。

我大声对他也对大家说："让他先把房子一样大的火车拿来给咱们看，我就把家里操场一样长的火车带来。"

危机就这样缓解了。第二天，我悄悄地观察着大家。我真怕大伙儿追问那个男孩，因为我知道他是拿不出来的。大家在嘲笑了他之后，就会问我要操场一般大的玩具火车。我和那个男孩忐忑不安，彼此都没说什么。只是一整天都是我俩在一起玩。幸好那天很平静，没有一个小朋友提起过这件事。

我小小的心提在喉咙口很久，我怕哪个记性好的小朋友突然想起来。但是日子一天天平安地过去了，大家都遗忘了，以后再说起玩具的时候，我吓得要死，但并没有人说火车的事。

真正把心放下来是从幼儿园毕业的那天。当我离开朝夕相处的老师和小朋友的时候，当然也有点恋恋不舍，但主要是像鸟一样地轻松了，我再也不用为那列子虚乌有的火车操心了。

这是我有记忆以来最清晰的一次说谎，它给我心理上造成了沉重负担，简直是一项童年之最。在漫长的岁月里我无数次地反思，总结出几条教训。

一是撒谎其实不值得。图了一时的快活，遭了长期的苦痛，占小便宜吃大亏。不到万不得已，不要说谎。

二是说谎很普遍。且不说那个男孩显然在说谎，就是其他的小朋友也经常浸泡在谎言之中。证据就是他们并不追问我大火车的下落了。小孩的记性其实极好，他们不问并不是忘了，而是觉得此事没指望了。也就是说，他们知道这是一个骗局。他们之所以能看清真相，是因为感同身受。

三是说谎是一门学问，需要好好研究，主要是为了找出规律，知道什么时候可说谎，什么时候不可说谎，划一个严格的界限。附带的是要锻炼出一双能识谎言的眼睛，在苍茫人海中谨防受骗。

修炼多年，对于说谎的原则，我有了些许心得。

平素我是不说谎的，没有别的理由，只是因为怕累。人活在世上，真实的世界已经太多麻烦，再加上一个虚幻世界掺和在里面，岂不更乱了套？但在我的心灵深处，生长着一棵谎言三叶草。当它的每一片叶子都被我毫不犹豫地摘下来的时候，我就开始说谎了。

它的第一片叶子是善良。不要以为所有的谎言都是恶意的，善良更容易把我们载到谎言的彼岸。我当过许多年的医生，当那些身患绝症的病人殷殷地拉了我的手，眼巴巴地问："大夫，你说我还能治好吗？"我总是毫不踌躇地回答："能治好！"我甚至不觉得这是谎言。它是我和病人心中共同的希望，在不远的微明处闪着光。当事情没有糟到一塌糊涂的时候，善良的谎言也是支撑我们前进的动力啊！

三叶草的第二片叶子是此谎言没有险恶的后果，更像是一个诙谐的玩笑或是温婉的借口。比如文学界的朋友聚会是一般人眼中高雅的活动，但我多半是不感兴趣的。我对未知的事物充满了兴趣，很愿意同普通的工人、农民或是哪一行当的专家待在一起，听他们讲我不知道的故事，至于作家聚在一起要说些什么，我大概是有数的，不听也罢。但人家邀了你是好意，断然拒绝不但不礼貌，也是一种骄傲的表现，和我的本意相差太远。这时候，除了极好的老师和朋友的聚会我会兴高采烈地奔去，此外一般都是找一个借口推托了。比如我说正在写东西，或是已经有了约会……总之，让自己和别人都有台阶下。这算不算撒谎？好像是算的。但它结了一个甜甜的果子，维护了双方的面子，挺好的一件事。

第三片叶子是我为自己规定的，谎言可以为维护自尊心而说。我们常常会做错事。错误并没有什么了不起，改过来就是了。但因了错误在众人面前伤了自尊心，就由外伤变成了内伤，不是一时半会儿治得好的。我并不是包庇自己的错误，我会在没有人的暗夜深深检讨自己的问题。但我不愿在众目睽睽之下，把自己像次品一般展览。也许每个人对自尊的感受不同，但大多数人在这个问题上都很敏感。想当年，一个聪敏的小男孩打碎了姑姑家的花瓶没有承认，也是怕自己太丢面子了。既然革命导师都会有这种顾虑，我们自然也可原谅自己。为了自尊，我们可以说谎，同样为了自尊，我们不可将谎言维持得太久。因为真正的自尊是建立在不断完善自己的基础上的，谎言只不过是暂时的烟雾。它为我们争取来时间，我们要在烟雾还没有消散的时候，把自己整旧如新。假如沉迷于自造的虚幻，烟雾消散之时，现实将更加窘急。

随着年龄的增长，心田里的谎言三叶草渐渐凋零。我有的时候还会说谎，但频率减少了许多。究其原因，我想，谎言有时表达了一种愿望，折射出我们对事实朦胧的希望。生命的年轮一圈圈增加，世界的本来面目像琥珀中的甲虫越发纤毫毕现，需要我们更勇敢地凝视它。我已知觉人生的第一要素不是善，而是真。我已不惧怕残酷的真相，对过失可能的恶劣的后果有了兵来将挡、水来土掩的勇气。甚至对于自尊也变得有韧性多了。自尊，便是自己尊重自己，只是你自己不倒，别人可以把你按倒在地上，却不能阻止你满面尘土、遍体伤痕地站起来。

有的人总是说谎，那不是谎言三叶草的问题，简直是荒谬的茅草地了。对这种人，我并不因为自己也说谎而谅解他们，偶尔一说和家常便饭地说，还是有原则上的区别的。

中国有句话，叫作"人之将死，其言也善"。我觉得这个"善"字就是真实的意思。也就是说，人到临死的时候不说谎了。

但这个省悟，似乎来得太晚了一点。

活着而不说谎，当是人生的大境界。

○ 人生有三件事
不可俭省

　　无论世界变得如何奢华，我还是喜欢俭省。这已经变得和金钱没有很密切的关系，只是一个习惯。我这样说，实在是因为俭省的机会其实很廉价，俯拾即是遍地滋生。比如不论牙膏管子多么丰满，但你只能在牙刷毛上挤出1.5到2厘米的膏条，而不是1尺长。因为你用不了那么多，你不能把自己的嘴巴变成螃蟹聚会的洞穴。再比如无论你坐拥多少橱柜的衣服，当暑气蒸人的时候，你只能穿一件纯棉的T恤衫。如果把貂皮大衣捂在身上，轻者长满红肿热痛的痱毒，重了就会中暑倒地一命呜呼。俭省比奢华要容易得多，是偷懒人的好伴侣——用最直截了当的方式和最小的花费直抵目标。

然而有三件事你不能俭省。

第一件事是学习。学习是需要费用的，就算圣人孔子，答疑解惑也要收干肉为礼。学习费用支出的时候，和买卖其他货物略有不同。你不知道究竟能得到多少知识，这不单决定于老师的水平，也决定于你自己的状态。这在某种情况下就有点隔山买牛的味道，甚至比股票的风险还大。谁也不能保证你在付出了学费之后一定能考上大学，你只能先期投入。机遇是牵着婚纱的小童，如果你不学习，新娘就永远不会出现在你人生的殿堂。

第二件事是旅游。每个人出生的时候都是蝌蚪，长大了都变作井底之蛙。这不是你的过错，只是你的限制，但你要想法弥补。要了解世界，必须到远方去。旅游是需要花钱的，谁都知道。旅游的好处却不是一眼就能看到的，常常需要日积月累潜移默化地蓄积。有人以为旅游只是照一些相片买一些小小的工艺品，其实不然。旅行让我们的身体感悟到不同的风和水，我们的头脑也在不同风情的滋养下变得机敏和多彩。目光因此老辣，谈吐因此谦逊。

第三件事是锻炼身体。古代的人没有专门锻炼身体的习惯，饥一顿饱一顿全无赘肉。生存的需要逼得他们不停奔跑狩猎，闲暇的时候就装神弄鬼，在岩壁上凿画，在篝火边跳舞，都不是轻体力劳动，积攒不下多余的卡路里。社会进步了，物质丰富了，用不完的热量成了我们挥之不去的负担。于是要人为地在机器上跋涉，在充满氯气的池子里浮沉，在人造的雪花和冰面上打滚，在矫揉造作的水泥峭壁上攀爬……这真是愚蠢的奢侈啊，可我们没有办法，只有不间断地投入金钱，操练贫瘠的肌肉和骨骼，以保持最起码的力量和最基本的敏捷。

有没有省钱的方法呢？其实也是有的。把人生当作课堂，向一切人学习，就省了上学的钱。徒步到远方去，就省了旅游的钱。不用任何健身器械，就在家里踢毽子高抬腿做广播体操……就省了健身的钱。

然而，这也是破费，因为我们付出了时间。

○ 面对不确定性

**Wan
An**

的**忍耐**

什么是不确定性呢?

当然可以顾名思义。也许因为当医生出身,总是觉得这类专有名词有它固定的家族史,还是先追溯渊源、验明正身再来讨论斟酌,相对稳妥些。

在书上查到了对不确定性原理的解释。

光的含能量的量子称为光子,光子含有的能量极为微小。在日常生活里,这些微小的光子对周遭的世界好像没有什么特别的影响。但当科学家开始研究原子世界时,情况便大大不同了。原子里的粒子都是极细小的东西,比如说电子,大约十亿个十亿乘十亿的电子才有一根羽毛的重量。由于这些物质粒子是极细小的东西，如果它们被光子打中，它们会被打得偏离轨道，运动的速度也会改变。

电子很轻，它抵抗不住光子的撞击，电子就从原来的位置被撞了出去。在观察的那一瞬间，电子便被震荡，运行速度发生变化，因此转眼间又不知那电子在哪儿了，这就是著名的"不确定性原理"（Uncertainty Principle）。这定理不允许我们同时测量电子的位置又测量其速度。不能同时知道这两样数据，我们就无法预言粒子的运行轨道，或者说它是否有一个确定的运行轨道也无法知道。

这个理论如此奇特并难以想象，教人困惑。它摧毁了经典世界的因果性，摧毁了客观性和实在性。从它面世，近八十年来没有一天不受到来自各方面的质疑、指责、攻击。

我不知道这个量子力学中的经典理论和我们今天在社会生活中要谈论的不确定性有多少传承的血缘关系。抑或前者是曾祖，后者只是它的远房重孙，虽然有着割舍不断的亲缘关系，相貌上已经糅入了更多的异族之血？

如果就社会生活"不确定性"的字面含义来说，顾名思义就是这个世界有些乱套，以往的某些顺理成章的事情被颠覆，人们对自己的将来失去了把握，陷入迷茫和焦虑之中。我们会听到对一件事物比如房价的截然相反的假说，正方、反方的领军人物都赫赫有名，让我们洗耳恭听并待时间检验之后心生愤懑。某一方既然一而再、再而三地说不准，怎么还好意思在电视屏幕或报纸专栏中一如既往地口若悬河？然而腹诽或口诛之后，我们依然会守在那里等着他们继续夸夸其谈。我们既苛刻又宽容，因为面对着"不确定"的世界，越是陷入不可把握的泥潭，就越想知道他人面对"不确定"的确定看法。我们在怪圈中骑一匹跛脚的瞎马，头晕眼花依然沿着惯性旋转。再比如我们面对婚礼上的一对玉人抛洒尽了人间的祝福，但起码有一半以上的来宾对他们能否白头偕老疑窦丛生。古语说"三岁看老"，人们都预言邻居家的孩子没有出息，因为他自小说谎并且好吃懒做、偷鸡摸狗，不想他在几年牢狱之灾后居然做起了买卖，如今也成了人五人六的"中产阶级"；而对门勤劳的大叔吃起了城市低保，过春节的时候眼巴巴地等着送温暖的社区干部带来一大桶大豆油……

然而无论前途多么诡谲难测，祝福还是要发，期望还是要有。

因为我们还有救。即使在量子力学的理论当中，也要强调当样本数量变得非常非常大时，概率就有用武之地了。

还拿电子来说事吧。电视的后面有一把电子枪，不断地逐行把电子打到屏幕上形成画面。对单个电子来说，人们不知道它将出现在屏幕上的哪个点，只有概率而已。不过大量电子叠加在一起，就可以组成稳定的画面了。再如保险公司没法预测一个客户会在什么时候死去，但它对一个城市的总体死亡率是清楚的，所以保险公司经营得当一定赚钱。

那些关于人类美德的基石，就是我们社会生活的概率了。还有时间的金色砝码，也是社会生活的概率了。"不确定性"指的是微观世界，越是瞬息万变的节奏，越是小的偶然性越不可预测。但量子力学的理论并不等于"放之四海而皆准"的真理，大的宏观世界就是一个概率的组合，存在着可以预测的规律，轨道就是秩序。一个奸商可以得逞于一时，却不可以牟利于久远，因为"不怕人比人，就怕货比货"。一个从牢狱大墙出来的人，不是不可能成功，但那一定是痛改前非的结果，而不是重蹈覆辙。时间本身就是甄别泥沙俱下的不确定性的最好的明矾，只是它还需要配合。

配合时间的是人们的耐心。不是一般的耐心，而是非凡的忍耐。就像电子在"布朗运动"之后排列出清晰的电视图案，这需要安静地等待。具体谈到房价是涨还是落这样的问题，怕是要先搞清要投资还是要自住。如果是投资，那就有风险，你就要独立做出对未来房价趋势走向的判断，然后为了这个判断去冒折戟沉沙的风险。不要把责任推给他人和量子，那虽然便捷却是变相的懦弱。如果一切都月朗风清、确定无误，也就消磨了机智和决断，也就荡平了投机和暴利。说到婚姻的长久与和美，只要你在这之前已经做了充分考察和准备，那就义无反顾、一往无前地走入"围城"。婚姻的双方本来就是家庭的毛坯，还需岁月长久的打磨和嵌合，才能渐趋完美和谐。它的稳固和人性的完整程度呈密切的正相关，和量子力学倒是隔着万水千山。

　　人虽然是微小的生灵，但和没有知觉没有主观能动性的电子之类还是截然不同的。和它们相比，人毫无疑义是宏观的。人的目标是宏观的，人的努力是宏观的，人和人的集合体更是一个伟大的宏观。从人类的历史来看，不确定是暂时的，确定才是长久的。我不能确定我哪一天会死，但我可以确定活着的每一天都饶有兴趣地度过。我不能确定我的婚姻一定幸福，但我可以确定自己的诚恳和投入。我不能确定这篇关于不确定的小文是否有趣，但可以确定我已经用心用力。

图书在版编目（CIP）数据

晚安·当一切入睡 / 毕淑敏著. —— 沈阳：万卷出
版公司，2016.7
ISBN 978-7-5470-4216-8

Ⅰ．①晚… Ⅱ．①毕… Ⅲ．①散文集—中国—当代
Ⅳ．①I267

中国版本图书馆CIP数据核字(2016)第122104号

出版发行：北方联合出版传媒（集团）股份有限公司
　　　　　万卷出版公司
　　　　　（地址：沈阳市和平区十一纬路 25 号 邮编：110003）
印 刷 者：湖南省众鑫印务有限公司
经 销 者：全国新华书店
幅面尺寸：150 mm × 210 mm
字　　数：175 千字
印　　张：8
出版时间：2016 年 7 月第 1 版
印刷时间：2016 年 7 月第 1 次印刷
责任编辑：王亦言
文字编辑：刘　青
封面设计：小名鼎鼎
版式设计：罗四夕　丘　山
内文插画：ES 女王样
责任校对：落　语
ISBN：978-7-5470-4216-8
定　　价：28.80 元

联系电话：024-23284090
邮购热线：024-23284050
传　　真：024-23284448
E — mail：vpc_tougao@163.com
网　　址：http://www.chinavpc.com